男子高校生で売れっ子ライトノベル作家をしているけれど、
年下のクラスメイトで声優の女の子に首を絞められている。
—Time to Play—

序章　「記憶」

序章「記憶」

あたたかいてが、
とても、
きもちいい。

あたまが、
ぼんやりと、
してきた。

ねむくなって、
きた。

でも、
めのまえにあるものは、
よくみえる。
よくみえる。
よくみえる。

なにがおきたのか。
どうしてこうなったのか。

ぼくは、
ずっとおぼえている。
おぼえている。
おぼえている。

まだ、
おぼえている。

わすれられない。

たぶん、

いっしょう、

わすれられない。

男子高校生で売れっ子ライトノベル作家をしているけれど、年下のクラスメイトで声優の女の子に首を絞められている。

—Time to Play—

第一章 「四月十日・僕は彼女と出会った」

第一章「四月十日・僕は彼女と出会った」

男子高校生で売れっ子ライトノベル作家をしているけれど、年下のクラスメイトで声優の女の子に首を絞《し》められている。

それが、今の僕だ。

僕は、硬い床に背中をつけて横たわっている。小刻《こきざ》みに揺《ゆ》れて、音と振動《しんどう》を伝えてくる冷たい床に。

クラスメイトであり、一つ年下であり、声優をやっている女の子が、僕の腹の上に馬乗りになっている。

水色で薄手のセーターを纏《まと》った彼女の両腕が、僕の首に伸びている。両手の細い指が、僕の頸動脈《けいどうみゃく》に覆《おお》い被《かぶ》さって、左右から挟《はさ》んで、その流れを止めようとしている。

彼女の手は、とてもとても、冷たい。

それは、まるで、鎖《くさり》のマフラーでも巻かれたかのようだ。

僕の視界の中には、左右に黒いカーテンがある。

彼女の黒くて長い髪が、真っ直ぐ垂れ下がっているからだ。リンスだろうか、南国のお花のような、いい香りがする。

そしてカーテンの中央に見えるのは、照明からは逆光になるので少し薄暗い、彼女の顔。

彼女は泣いている。見開かれた大きな瞳《ひとみ》から、セルフレームの眼鏡《めがね》のレンズ内側に、ぽたぽたと涙を落としている。噛《か》み締《し》められた口元から、白く綺麗《きれい》な歯が覗《のぞ》く。

「どうしてっ⁉」

彼女の叫び声と共に、さらに強烈な力が僕の首に加わる。

人間は、叫びながらだと、いっそうの力を出せるらしい。自分で試したことはないが、こうして体験すると、それが真実だとよく分かる。

首を左右から絞め付けられているが、まるで痛くはない。

そのかわり、僕の脳の中で——、
真っ黒な墨《すみ》が一滴、音もなく落ちた。その黒い染みは、じんわりと広がり始める。

「どうしてっ⁉」

彼女が、再び叫んだ。

どうしてこんなことになったのか。

それは僕が知りたい。

＊　＊　＊

僕が、彼女に初めて会ったのは――、
一月《ひとつき》半ほど前のことだった。

四月七日。それはこの月の第一月曜日であり、高校の新年度の初日だった。

学校に行くのは、一年ぶりだった。

僕は、その前年度をまるまる休学していたからだ。十六歳の春から十七歳の春まで、本来は高校二年生であるべき時間を、ずっと、それ以外のことをして過ごしていた。

僕は、高校二年生になった。

復学を機に、学校も変えていた。高校一年生のときだけ通っていた公立高校から、私立高校へ転入した。

新しい高校は、しっかりした理由さえあれば、そしてテストできちんと点を取れば、出席日数は問わないでくれる。

僕は、これからしばらく、週に一日はどうしても学校を休まなければならない。

その日の朝。

僕は学校に入った。手続きのとき以来、二回目だった。そして、廊下にある大きなクラス分けの表で自分の名前を探《さが》して、初めての教室に入った。

当然だが、クラスメイトに知っている人など誰もいなかった。

この学校は共学で、男女比はおよそ半々。二年に進級する際だけクラス替えがあると聞いていた。だから、新クラスに知り合いがいなくて、僕のように一人で黙《だま》って座っている生徒は珍しくなかった。

やがて、これから二年間お世話になる、担任の先生がやって来た。中年の男性教師だった。

始業式は、教室備え付けのテレビで見た。

校長先生が、画面の中で喋《しゃべ》っていた。体育館にいちいち移動しなくていいスタイルは、楽でいいなと僕は思った。

それから、絶対にないことがない、クラスメイトの自己紹介が始まった。

僕は、黒板に向かって右、そして廊下側で後ろから二番目の席に座っていた。自分の順番がやってくるまで、だいぶ時間がかかった。

一つ前の席の女子が、喋り終えて座った。

僕は立った。そして、自分の名前と、必ず言うことになっていた好きな食べ物を言った。

好きな食べ物はたくさんあるが、選んだのはカレーだった。普通だったが、他のクラスメイトもラーメンや寿司《すし》、女子は甘いものなど――、実に普通だった。

ほとんどのクラスメイトが、自分の部活のことや、趣味のことなど、情報を付け足してクラスを盛り上げていた。ここで終わってはいけない、暗黙《あんもく》の了解のようなものがあった。

僕には、言えそうなことが何もなかった。順番が来るまで、割と真剣に考えていたのだが、思い浮かばなかった。

だから、つい——、
余計《よけい》なことを、言ってしまった。

「えっと……、僕は、今学期からこの学校に転入してきました。この制服を着るのも、校内に入るのもまだ二回目です。見るものが、なんか、全て新しいです。新入生みたいな気分です」

ここまでは、よかった。

クラスメイトも、僕に関心を寄せてくれた気がする。〝そうなんだ〟とか、〝転校生なんだ〟とか、〝珍しいね〟とか、心の声が聞こえた気がした。

この先がよくなかった。

「その前は、僕は一年間、事情があって休学していました。だから、またこうやって高校生活が送れるのは、とても嬉《うれ》しいです」

僕の、本心からの言葉だった。

だったが——、
クラスメイトはざわついた。

「えっ？　年上？」

「ダブり？」

今度は心の声じゃなかった。そんな呟《つぶや》きが、実際に耳に聞こえた。

しまったと思っても、あとの祭り。

教室の空気がそれまでの、〝転入生がいる〟から、〝年上の、本来は先輩《せんぱい》の人がいる〟になった。

後々、この学校では留年する生徒など一人もいないことを知った。年上の同級生など、よく喋《しゃべ》る金魚ほどに存在しないことを知った。

一年間学校から離れたせいで、そしてその間ずっと年上の人と話をしていたせいで――、高校生にとっては〝たった一歳〟の差がとても大きいという当たり前の感覚を、僕はなくしてしまっていた。

本当に、余計なことを言ったと思う。

この学校で新生活を始めるとき、自分で望んだというのに。母とも約束したというのに。

勉強はもちろんだが、少なくてもいいから気の置けない友達を作って、一度しかない高校生活を楽しむということを。

つまり、〝普通の高校生をやる〟ことを。

それが――、

のっけからつまずいた。初日からミスをしでかした。

「……というわけで、よろしくお願いします……」

なにが、〝というわけでよろしく〟なのか、まったく分からない。

自分から〝お前らより一歳年上だぜ！〟って言ってしまったくせに。それは、隠《かく》しておくこともできたのに。

人生最大の失敗を終えた僕が、力なくイスに座った。我ながらマヌケすぎると思った。溜息《ためいき》をつく気力もなかった。

「えー、では、次の人。最後ですね」

先生のフォローはなかった。でもこれは、これ以上傷口を広げないようにしてくれたのかもしれない。

そして、

「はい！」

後ろの席に座る女子の快活な声と、イスを引いて立ち上がる音が聞こえた。後ろの席に女子が座っていたことを、僕はこのときに知った。

振《ふ》り返る気力もなかったので、彼女には申し訳ないと思ったが、僕はそのままで聞いた。

「似鳥《にたどり》絵里《えり》です。苗字《みょうじ》と名前、最後は〝り、り〟で韻《いん》を踏んでます」

不思議《ふしぎ》な声だった。

ボリュームは決して大きくないのに、とてもよく聞こえる。耳をスッと通り抜けて、脳に直接届くような声だった。

「私は、去年の秋に転校してきました。二組でした。好きな食べ物は、色々ありますが、なんといっても、毎日三食でも食べていたいのは——」

僕は、答えを予想した。

女子らしく、甘いものだろうか？　ケーキやパフェか？　普通に、カレーやラーメンだろうか？　少し意外性を持って、ソースカツ丼か？

僕は、彼女に勝手に勝負を挑《いど》んだ。

彼女が答える前に、可能性がありそうなメニューを片《かた》っ端《ぱし》から妄想《もうそう》していった。

そして、

「馬刺《ばさ》し！　です！」

彼女は言った。

僕は負けた。

あんまり、というか、かなり女子が選ばない好物のせいで、クラスメイトが楽しそうに笑った。先生まで笑っていた。

見事だった。

彼女は、ひとり前の生徒が不注意で不必要に重くした雰囲気《ふんいき》を、たった一言で吹き払ってくれた。

いくらこの県が馬刺《ばさ》しの産地だからといって、高二の女子が毎食馬刺しを食べる生活は、あまり想像できない。

「運動は苦手《にがて》なので部活は入ってませんけど、毎日、犬の散歩に行きます。ウチには〝ゴンスケ〟という三歳の――」

愛犬について楽しそうに語る声を聞きながら、僕は〝馬刺し女子〟がどんな顔をしているのか知りたくなって、ゆっくりと振《ふ》り向いた。

そして、見上げた。

そこには、とても背が高くて、とても髪の長い眼鏡《めがね》女子がいた。

身長は、百七十センチくらいだろうか？　女子にしては、間違いなく背の高い方に入る。決して太っているわけではないが、不思議《ふしぎ》と華奢《きやしや》という印象もない。運動は苦手とたった今言ったが、バレーボール部やバスケットボール部から引く手あまたではないかと思った。

髪は黒くて、ストレートで長さが揃《そろ》っていて、胸を通り越してお腹にまで届くほど長い。前髪は、横に一直線。つまりは長いおかっぱ。左右こめかみの上あたりに、フェルトだろうか？　ボタンのようなデザインのヘアピンを留めている。

色白で、かなり目鼻立ちがハッキリしていた。頬《ほお》のラインも鼻筋《はなすじ》もスッと通っている。バランスがとれた、とても端整《たんせい》な顔立ちをしていた。

セルフレームの眼鏡《めがね》を掛《か》けている。色は、新撰組《しんせんぐみ》の羽織《はおり》のような浅葱色《あさぎいろ》。レンズ越しに見える顔のラインが歪《ゆが》んでいないから、だて眼鏡か、または度がそれほど強くはない。大きな目の中に見える瞳《ひとみ》は、濃い茶色だった。

彼女が仮に小説のキャラクターだとしたら――、描写はこれくらいか。

恵まれた体型と顔立ちと、地味な大和撫子《やまとなでしこ》風の髪型は、アンバランスに見えて、そしてとても似合っていた。

僕は思った。

彼女は、美少女だ。

いつかそのうち〝使わせて〟もらおう。

似鳥《にたどり》と名乗ったクラスメイトは、視線を適度に動かしながら、愛犬ゴンスケについて喋《しゃべ》り続けた。その可愛《かわい》らしいエピソードに、クラス中が聞き入っているのが分かった。

僕は、犬を飼っていればあんなバカなミスはしなかっただろうかと思いながら、それを聞いていた。あまりに近いので、似鳥が僕を見ることはなかった。もし見られたら、僕は目を逸《そ》らしていただろう。

似鳥は適度なところで犬自慢を終えて、写真が見たい人はスマートフォンに入っているからあとでどうぞと、見事すぎるアピールをした。

これなら——、

犬好きなら男子女子関係なく、彼女に話しかけることができる。そこから、話すきっかけを掴《つか》める。ひとり前の誰かさんとは対極的な、自己紹介の見本のようなスピーチだった。

彼女は最後に、これから二年間よろしくお願いしますと付け加えた。

長い髪を背もたれの向こうに逃がしながら、ゆっくりとイスに座る。

その際、目の前の僕と近距離で、そして初めて目が合った。

僕は視線を逸らそうとして、できなかった。

「ひっ!」

彼女が、それまでのにこやかな表情を凍《こお》り付かせ、小さく声を上げて驚いたからだ。僕の視線から全力で逃げるように、彼女は顔を廊下側に逸らした。

まるで、絶対に見てはいけないものを見たかのような対応だった。幽霊《ゆうれい》を見たときだって、あんなに驚かないのではないかと思えるほどの。

そこまでを見届けてしまった僕は、ゆっくりと前を向いて、心の中で溜息《ためいき》をついた。

初日からこれなら、復学なんてしない方がよかったんじゃないかと思いながら。

だから——、

「隣《となり》、座っていいよね？」

その似鳥《にたどり》から突然親しげに話しかけられたときは、本当に驚いた。

四月十日。つまり、始業式から三日後の木曜日のこと。

僕は、特急列車の車内にいた。

今住んでいる町から、三時間近くかけて都心へ向かう特急列車。その自由席車両の最後列、左側の窓側の席に、僕は座っていた。

夕方に始発駅を出発したばかりの列車はまだガラガラで、誰かが僕の隣に座る必要などまったくないはずだった。棚《たな》に載《の》らないほど大きな荷物があるからとか、誰にも気兼《きが》ねなくリクライニングさせたいからとか、理由があって列の一番後ろに座りたいのだとしても、通路の右側はまだ空《あ》いている。

だから僕は、誰だか分からないがその声の意味にまず驚いた。そして、読んでいたプリントアウト原稿から顔を上げて、それが毎日後ろの席に座っている似鳥であることに気づいて、さらに驚いた。

「や！　こんにちは」

「…………」

僕は何も言えずに、通路に立つ背の高い彼女の眼鏡《めがね》を見上げたまま、固まった。

似鳥は当然制服ではなく、僕はあまり詳《くわ》しくないが、清楚《せいそ》で上品で高そうに見えるワンピースを着ていた。

似鳥は、僕が彼女自身を忘れている可能性を考えたのか、

「えっと、同じクラスの、似鳥絵里《えり》。一つ後ろの席だよ」

そんな自己紹介をした。

「あ……、は、はい——」

僕は、ようやく、どうにか返事をした。そして、ゆっくりと言う。

「それは、分かってます」

そこまでは分かっていた。分からないのは、どうして僕に話しかけてきたかだ。

似鳥は、くすっと笑いながら、

「ん？　敬語？　年上なのに？」

「あ、いや……。なんでもない。似鳥さん」

「〝さん〟付け？　年上なのに？」

「…………」

僕は一度息を吸って、心を落ち着かせてから、

「いいや……、えっと、〝似鳥〟で、いい？」

なるべく平静を装《よそお》って、ごく普通に話しかけた。こうして同年代の女子と話をするのは、何年ぶりだろうと考えて——、答えが出るまで時間がかかりそうだから、考えるのをやめた。

「もちろん。で、座っていいの？」

そのとき僕は、リュックを隣《となり》の座面の上に置いていた。中には愛用のノートパソコンと、本や着替えなどが入っている。

リュックの口を大きく開けっ放しだったので、手を伸ばしてファスナーを閉じながら、

「えっと、別にいいけれど……、なんで、ここなの？　まだ、あちこち空《あ》いてるよ？」

僕は、思ったことを素直《すなお》に口に出した。

失礼だったかもしれないが、正直な気持ちだった。どうして似鳥《にたどり》が僕の隣に座りたがるのか、まったく理解ができないでいた。

学校が始まってから四日経《た》つが、その間、教室で彼女と話したことなど一度もなかった。というか、クラスメイトの誰とも話したことはなかった。

僕は、〝年上同級生〟としてみんなから腫《は》れ物扱《あつか》いされていた。当然、話しかけてくる人などいない。敬語を使うべきかタメ口でいいのか、思い悩んでいたのだろう。誰かが敬語なら全員敬語にしたいだろうし、逆もまたしかりだ。でも、それを決める最初の誰かには、誰だってなりたくはない。

僕も同じように、無理に話しかけて無視、または逃げられたらどうしようと思ってしまい、結局はコミュニケーションを取れずにいた。もともと誰かと会話するのが苦手《にがて》な僕に、一歳というギャップは大きすぎた。

座りたいという人に対して、〝他が空いているよ？〟とは、我ながらずいぶんな質問だった。

僕は、彼女が腹を立ててもしょうがないと思いながら答えを待ったが、

「ちょっと、話がしたくて」

彼女は、笑顔というわけではないが、怒っているようでもない表情でそう言った。

「えっと……、どんな？」

僕は、リュックを自分の膝《ひざ》に乗せながら聞いた。その中に、丸めた原稿をわりと無造作《むぞうさ》に放り込む。どうせ自宅でプリントアウトしたものなので、傷《いた》んでも構わない。

「ありがと」

似鳥は両手を使い、長い髪をうなじの後ろで丁寧《ていねい》にまとめて、右肩から胸の前に逃がした。

そして、するりと僕の隣の席に座った。

肩が触れあうほど近い距離で、似鳥は左を向いた。そして僕の目を真っ直ぐに見て、抑《おさ》えた声量で、質問に答える。

「お仕事に関係した話をしたくて」

「はい？　誰の？」

「〝誰の？〟――私達の」

「……？」

意味が分からなかった。高校生が二人して、なんの仕事の話をするのか。僕は、リュックを足元に置いた。

そして、

「ごめん。何を言ってるのか、サッパリ分からない」

正直に言った。

すると似鳥《にたどり》は、やや真剣な表情で、

「そっか……。てっきり、気づいているのかと思っていた」

「…………。何に？」

「私のことに」

「…………」

「なんだ、勘違《かんちが》いしていた。なあんだ」

少しガッカリした様子の似鳥を見ながら、

「…………」

僕は、彼女がとんでもない性悪《しょうわる》である可能性を考えていた。

単に偶然見つけた〝年上の〟クラスメイトをからかって楽しんでいるだけで、しばらくすると、ケラケラ笑いながら席を立つのではないかと。

そんな一連のシーンが、一瞬《いっしゅん》のうちに頭を駆《か》けめぐった。彼女が最後に吐《は》き捨てる、鋭く尖《とが》った台詞《せりふ》まで浮かんだ。

もしそうだとしても、彼女に対して怒って、

「おいちょっと待てよ！　今のはなんだよ？　話がある！」

などと男らしく格好《かっこう》よく追いかけるようなことはしない。

僕は単に少し傷ついて――、それからそんな彼女を、〝使わせて〟もらうだけだ。

「でもね、からかっているわけじゃないんだよ？」

似鳥は言って、僕の考えをバッサリと否定した。エスパーかと思った。

そして、次の彼女の言葉に――、
僕は心臓が止まるほど驚くことになった。

「明日の『ヴァイス・ヴァーサ』のアフレコに行くんでしょ？　先生」

快走する特急の車内は、小刻《こきざ》みな揺《ゆ》れと振動《しんどう》に包まれていて、普段ならそれがわりと心地《ここち》よかった。ゆりかご代わりにして、ぐっすりと眠ってしまうこともあった。

でも今は、その音と振動が、まるで大地震のように感じられた。

ぐわんぐわんと、僕を席から振《ふ》り落とそうとしているように思えた。

なんで鉄道にはシートベルトがないのだろうと、生まれて初めて思った。僕は、肘掛《ひざか》けに両手で摑《つか》まっていた。

僕は、似鳥《にたどり》の眼鏡《めがね》の奥に視線を固定しながら、

「な、な……、な、な、なんで……？」

絞《しぼ》り出すように言ったが、その先は声にならなかった。

とても言いたかったのに。

「なんで、知ってるの？」

と。


「あ、〝なんで知ってるの？〟って言いたそうな顔してる」

何も言えない人形状態が五秒は続いたので、似鳥の方から口を開いてきた。

こくん、と頷《うなず》いてから、

「なんで、知ってるの……？」

僕は言わなくてもいい台詞《せりふ》を言った。

「ぷっ！」

似鳥が小さく吹き出した。美少女の笑顔を間近で見ることで、僕は一瞬《いっしゅん》、自分が置かれている状況を忘れることができた。でも、そのまま忘れ去るわけにはいかない。僕はすかさず座席から立ち上がると、車内を見渡した。

人間の頭のてっぺんが、五つ見えた。

ほとんど最前列に二つ並んでいる。これは、僕のすぐ後ろで列車を待っていた中年ご夫婦に違いない。登山者の格好《かっこう》だったから、僕の部屋から見える峰々からの帰りだろう。まだ結構寒いし、雪もたっぷり残っているのだけれど。

その少し後ろの窓側に、サラリーマン風の若い男性。一つ後ろの列の右窓側に、旅行中らしい、大学生のような男性。この二人も、ホームで見かけた。

一番近いのが、車両の中央あたり、通路側に一人で座っている若い女性。グレーのパンツスーツ姿で、ホームでは見かけなかったが、よくいる出張帰りの勤め人のようだ。

これなら、普通の声量で会話すれば、誰かに聞かれる心配はないように思えた。僕の意を汲《く》んで、似鳥が、

「やっぱり気になる？　大丈夫。他の人には絶対に聞こえないように、注意するから」

「それは、どうも……」

やや抑《おさ》えた声を聞きながら、僕は座った。顔を右に向けて、かなり近い位置にある似鳥の顔を見て、僕はもう一度訊《たず》ねる。

「なんで、知ってるの？」

「さあて、どうしてでしょう？」

彼女は、質問に質問で答えてきた。その意味するところは、

『教えるのは簡単だけど、それじゃ面白《おもしろ》くないでしょう？　すぐに分かるから、自分で考えて

みなさいよ』

に間違いない。

だから、僕は考えた。否定できる可能性と、あり得る可能性を、ゆっくりと、順序立てて。

二分かかった。それが長かったのか短かったのか、分からない。

その間ずっと、前の座席の背もたれを睨《にら》んでいたから、隣《となり》で似鳥《にたどり》がどんな顔をしていたのかも分からない。楽しんでいたのかもしれないし、退屈していたのかもしれないし、呆《あき》れていたのかもしれない。

「そう、か……」

二分間睨み続けた背もたれに、僕は語りかけた。

「〝私達のお仕事に関係した〟ってのは、そういうことか……」

「どういうこと？」

似鳥が聞いてきた。その意味するところは、

『人と話すときは、その人の目を見なさいね』

に間違いない。

僕は、ゆっくりと顔を似鳥に向けた。

そして見た似鳥は、眼鏡《めがね》の少女は――、

勝者の笑顔をしていた。

僕は口を開いた。

「似鳥《にたどり》は……、声優だ。そして、僕の小説のアニメに参加している」

＊　＊　＊

僕は、プロの作家だ。

僕の書いた小説、タイトル『ヴァイス・ヴァーサ』は――、
文庫本として本屋に並んでいる。

僕が生まれて初めて世に出した小説であり、今もまだ書き続けているシリーズの名前でもある。

『ヴァイス・ヴァーサ』は、〝ライトノベル〟と呼ばれるジャンルの小説だ。

ライトノベルとは何か？　どんな小説がライトノベルなのか？

ある人は、漫画《まんが》・アニメチックなイラストが表紙にも口絵にも挿絵《さしえ》にもふんだんに使われている小説のことだと言う。

本屋で見かけるほとんどのライトノベルがそうだし、外見的特徴はよく言い表していると思う。ただ、イラストがないものもある。

ある人は、ライトノベル（とされる）レーベルで出ていればどんな小説でもライトノベルだ

と言う。

分かりやすい考え方だと思う。ただ、それまでライトノベルレーベルで発売されていた本がイラストをなくし、いわゆる一般文芸として出たこともある。

ある人は、児童文学より上の、中高生読者をメインの読者層にすえた小説だと言う。

購買層としてはその通りだと思う。ただ、年を重ねても読み続けて、大学生から大人《おとな》の読者だってたくさんいる。必ずしも、〝中高生向け〟と括《くく》れるものでもない。

お話の内容で決められるかというと、そんなこともない。

ファンタジーからコメディからアクションからSFから推理小説から歴史小説から恋愛小説から青春物から、およそありとあらゆるジャンルがある。もちろん、ファンタジーやラブコメなど、特に多いジャンルはあるけれど。

結局のところ、ライトノベルの明確な定義というのは、誰にも決められない。

ほとんどの人は、そして僕も――、
完全な定義がないままライトノベル、または略してラノベという言葉を使ってきたし、これからも使うんだと思う。

『ヴァイス・ヴァーサ』は、〝電撃文庫〟から発売されている。

電撃文庫は、今現在十以上はあるライトノベルレーベルの一つで、最大手《さいおおて》と呼ばれている。

〝アスキー・メディアワークス〟という会社（当時は〝メディアワークス〟）が、一九九三年に創刊《そうかん》した。僕の産まれる前の話だ。

厳密に言えば、アスキー・メディアワークスという会社はもうない。〝株式会社KADOKAWA〟という大会社に統合されているからだ。ただ、〝ブランドカンパニー〟という、正直よく分からない存在として名前が残っているので、僕は愛着も込めて、アスキー・メディアワークスという名前を使っている。

電撃文庫は、二十年を超える歴史の中で、いくつかの大ヒット作を産み出した。そのたびに売り上げを伸ばし、そして本屋の棚《たな》を広げてきた。

〝本屋の棚を広げる〟とは、それだけ本屋で並んでいるスペースが増えたということで、それだけお客の目に付きやすいということになる。

この電撃文庫が、創刊翌年から主催《しゅさい》しているのが、〝電撃小説大賞〟だ（二〇〇三年までは、〝電撃ゲーム小説大賞〟と呼ばれていた）。

電撃文庫でのデビューを想定した、小説新人賞（同時にイラスト賞も行っている）。

これにより次から次へと作家を、そしてヒット作を産み出してきたのが、電撃文庫躍進《やくしん》の原動力だと言われている。

人気があるレーベルだから、応募数も毎年増え続けて、今は優に数千を超える。

そんな登竜門《とうりゅうもん》に僕が応募したのは、今から三年前のこと。

僕は、中学三年生になったばかりだった。

電撃小説大賞の〆切《しめきり》は、毎年四月十日（つまり今日）だ。

三年前の昨日——、新学期開始直後の四月九日。

〆切の前日に、僕は書き上げた長編小説を郵便局から送った。

そして、落ちた。

電撃小説大賞は、あまりにも応募数が多いので、選考過程も多い。

四月に募集が締《し》め切られ、それから一次選考で数千の応募数が数百にふるわれる。二次選考でそれが三分の一くらいになる。三次選考で数十となる。

そして四次選考で、十作品ほどの最終選考作が選ばれる。

最終選考作は選考委員に読まれて、九月の終わり頃に大賞、金賞、銀賞など、賞が決められる。発表は十月の十日頃。

受賞作品は、翌年の二月に出版される。その一年前まで応募原稿を書いていた人達が、プロ作家の仲間入りをする瞬間《しゅんかん》だ。電撃文庫は十日に、同じ編集部が作っているがより一般向けレーベルの〝メディアワークス文庫〟なら、二十五日に発売される。

普通の新人賞なら、落選した人のデビューはない。〝残念でした。また来年、頑張《がんば》ってくださいね〟、ということになる。

でも、電撃小説大賞では、落選してもデビューができる。

まず、最終選考作になっていれば、三月以降になるが、ほとんどの人がデビューする。

さらに、最終選考以前に落選した人さえ、才能を認められれば担当編集がつき、やがてデビューすることもある（もちろん、数は少ない）。

そんな人達は打ち合わせを重ねて、より完成度を高めるために応募作を書き直したり、またはまるっきり別の作品を一から書き上げたりする。


僕の応募作は、落ちた。

でも、今は本が出版されている。

では、最終選考作として世に出たのかというと、それも違う。

僕の経緯《いきさつ》は、やや複雑だった。


まず、応募作は四次選考で落ちた。最終選考作にすらならなかった。

落ちたことを知ったのは、公式ホームページでの発表だった。

それまで発表されていた三次選考までの結果で、名前が残っているのは分かっていた。嬉《うれ》しかった。もし最終選考作に残ればデビューがほぼ決まるわけだから、ドキドキしながら待っていた。

そして、最後の最後に、届かなかった。

とても悔《くや》しいと思ったが、そこまでたどり着けたことは、誇っていいことだと思った。

手応《てごた》えはあったから、来年も応募しよう、または別の新人賞に応募しよう。

二次選考まで残った作品には、編集部員の選評が送付されることになっていたから、それを読んで参考に、そして励《はげ》みにしよう。

そんなことを思いつつ、受験勉強をしていた十月のある日――、

家の電話が鳴った。東京《とうきょう》の電話番号だった。

ひょっとしてと思って取ると、やっぱりそれは、電撃文庫編集部からだった。かけてきたのは、以後とてもお世話になることになる担当さんだった。

ガチガチに緊張して応対する僕に、担当さんは言った。

「本当に、中学三年生なんですよね？　重要なお話があるので、できれば親御《おやご》さんと一緒《いっしょ》に、東京の編集部に来てもらうことはできませんか？　または、こちらから伺《うかが》わせていただきます」

電話があった日の翌週。

母と一緒に訪れたアスキー・メディアワークスの編集部で、僕は知った。

僕の小説が最終選考作になれなかったのが、年齢のせいだったことを。

嬉しいことに、僕の応募作は評価が高かった。話としては十分に面白《おもしろ》くて、それだけを考え

れば、最終選考作に上げることに異論はなかったらしい。ちなみに、四次選考は電撃文庫の編集者全員によって行われている。

しかし、もしこれを最終選考作に上げてしまうと――、

受賞しようがしまいが、来年上半期のデビューが決まってしまう。

もし受賞すれば、翌年二月の出版になる。しなくても三月や四月など、比較的早い。作者はそれを見越して、応募原稿の〝改稿〟にうつることになる。

今だからよく分かっているが、応募原稿がそのまま出版されることはほとんどない。改稿作業がある。作家は、担当編集さんと一緒《いっしょ》に、小説を何度も直していくことになる。

ライトノベルは、シリーズ化して続巻が出ることが普通だ。その方が部数も伸びる（あまりに綺麗《きれい》にしっかりと話が終わっている場合は例外だが）。すると、デビュー前から続編を書きためておいた方が、以後は圧倒的に有利になる。だから、その執筆《しっぴつ》作業も必要になる。

もし当時の僕がそうなれば、受験勉強に影響を与えることは想像に難《かた》くない。

「来年早々にデビューできるのなら、高校には行きません！」

僕が、そんなことを言いだすかもしれない。

優秀な作家を集めるための新人賞だし、面白《おもしろ》くて売れる本を出すのが企業として正しい行動なのは間違いないが、そのために一人の人間の将来を変えていいわけではない。

編集部として、慎重な判断を下すことにしたのだ。だから、四次選考で落とした。

この話を聞いて、母は恐縮しきりだった。

僕はというと、心の中で考えが天秤《てんびん》の両端を行ったり来たりしていた。

「いえ！　受験と並行してでも書いてみせました！」

という悔《くや》しい気持ちと、

「そこまで配慮してくれて、ありがとうございます」

という感謝の気持ちと。当時の僕でも、分かっていた。デビューは、本が一冊出ることを約束するだけで、ずっと生きていくに足るほどの収入を保証してはくれない。

僕の思いはどうあれ、もう覆《くつがえ》らない決定事項だった。僕は、感謝の気持ちだけを持つように、強引に心を傾かせていった。

話は、それで終わらなかった。

その場で、編集部から提案があった。

作品自体は素晴らしいので、本人の意志があれば、遠からず文庫として世に出したい。

ただし、急ぐ必要はない。そのための作業開始は、絶対に受験が終わってからにする。

だから、高校受験がちゃんと終わったら、また連絡を取り合いましょう。

最後に、このことは絶対に公表しないように。

それから、僕の受験勉強に熱が入ったのは言うまでもない。

もともと、高校進学はするつもりでいた。そんななか、目の前にぶら下げられた、

『高校生になれば電撃文庫で作家デビューできる。つまり、自分の書いた小説を本として売ってもらえる。買ってもらえる。読んでもらえる』

そんな大きな大きなニンジンは、日の出直後の太陽のように光り輝いていた。

万が一にも、受験に失敗などできない。とにかくひたすら勉強したが、隠《かく》れて続編の執筆《しっぴつ》もしていた。これは、後々、あっさりばれたけれど。

翌年の春。つまり、今から二年前のこと。

僕は、第一志望の公立高校に合格した。

合格を知ったその日その瞬間《しゅんかん》に、僕は編集部に電話をした。

「合格しました！　週明けの月曜日、そちらに行ってもいいでしょうか？」

今思えば、なんて失礼で強引だったのだろう。

苦笑しつつも予定を空《あ》けてくれた担当さんには、本当に感謝している。


こうして、僕の作家デビューは決まった。

春休みのほとんどをつぎ込んだ打ち合わせと改稿を終えて、原稿ができあがったのが四月の中頃。

『ヴァイス・ヴァーサ』の第一巻が出たのは、八月十日のことだった。

それは今から二年前で、僕は十六歳になりたてで、高校一年生だった。

その年の二月に受賞作品が、四月から七月の間に、最終選考作だったが受賞を逃《のが》した作品が出版されていた。

応募原稿が最終選考作に選ばれなかった人達がデビューすることは、先に言った通り、電撃小説大賞では珍しくない。

つまり僕もそのパターンだが、同じ年の八月のデビューは早い方だった。

こうして世に出た『ヴァイス・ヴァーサ』は、大ヒットすることになった。

嬉《うれ》しいことに一巻から評判がよく、売れ行きは良好だった。十月に二巻が出てからそれに拍《はく》車《しゃ》がかかった。翌年一月に三巻が出る頃には、さらに売れた。

担当さんに聞いた話だが、僕は電撃作家の中でも、筆が速い方に入るらしい。もちろん、最速ではないけれど。

僕は高校に通いながら、続編を書いて、その直し作業をして――、
三巻が出る頃には、五巻までの原稿があった。

そして同じ頃、つまり高校一年も終わりつつあった一昨年の三月、『ヴァイス・ヴァーサ』にアニメ化の話が来た。

とても嬉《うれ》しいオファーだったが、アニメ化となると、原作者もいろいろと大変になることも知った。アニメに協力するとなると、設定の協力やシナリオチェックなど、すべきことが一気に増える。

必要最低限のチェックしかしないという選択肢《せんたくし》もあったが、僕はとことん協力したかった。

同時に、シリーズの続きも書きたかった。今まで以上に書きたかった。

仕事量が一気に増えると予想されたこのとき、僕は悩み、そして考えた。

高校を辞《や》めようかと。

その話をすると、担当さんは即答した。

絶対にダメだと。それならば、僕の希望には添えないが、編集部判断で最低限の関わりしか認めないと。

当たり前だが、そして厳しくは言わなかったが、母も同じ意見だった。

そして、まるで三者面談のように、再び僕と担当さんと母で話し合って――、

〝一年間の休学〟というアイデアが産まれた。

間違いなく忙しくなるだろう一年間を、切りよく休学する。

その間、やりたいように仕事をする。

そして一年後、出席日数が厳しくない私立高校に必ず復学する。その後二年間通い、高校は絶対に卒業する。よほどのことがない限りは、大学進学も目指す。

こうして、僕は去年の四月から今年の三月まで、つまりは先月まで——、計画通り、思う存分に仕事をして過ごした。

休学した去年は、『ヴァイス・ヴァーサ』の続きを、これでもかと書いた。四月（第四巻）、六月（第五巻）、八月（第六巻）、十月（第七巻）、十二月（第八巻）だ。

今年は三月に第九巻が出ていて、七月発売予定の第十巻と、九月発売予定の第十一巻の原稿は、既《すで》に書き上がっている。十一月発売予定の第十二巻分も、今は直しの段階だ。

並行してアニメ制作にも協力して、脚本会議にも全て参加した。膨大《ぼうだい》な設定資料のチェックをした。

本当に楽しかった。

怒濤《どとう》の一年を終えて、僕は予定通り、私立高校に転入した。

僕は、プロフィールを何も公表していない。僕の正体を知っている人は、とても少ない。

だから、新しい学校でも、作家であることは徹底的に隠《かく》し通すつもりでいた。自分から言う以外、ばれようがないと思っていた。

そして——、

わずか数日で、ばれた。

「似鳥《にたどり》は……、声優だ。そして、僕の小説のアニメに参加している」

僕の言葉に、

「正解！」

似鳥は右手の人差し指を立てた。

なるほど、確かに、これ以外の可能性は考えられない。

二分はやっぱり、かかりすぎだったと思った。


アニメ『ヴァイス・ヴァーサ』は、今年の七月に地上波で放送開始予定になっている。そのこと自体は、もう発表済みだ。

その声の録音、いわゆる〝アフレコ〟は、つい先週から始まっていた。

前の金曜日、四月四日のこと。

僕と担当さんは、都内にある音響スタジオに初めて行った。僕は原作者として、毎週金曜日にあるアフレコに、全て立ち会うつもりでいる。

『ヴァイス・ヴァーサ』は、もともとキャラクターの多い話だ。さらにアニメでは、小説から時系列を少しいじってある。第一話から、登場キャラクターが多くなっている。

だから、スタジオの録音用ブースの中には、イスが足りなくなるほどの声優さん達がいた。

中には、名前を知らなければアニメファン失格といえる有名声優さん達もいた。

そして、いざ収録が始まる前に、

「じゃあここで、原作の先生を紹介しますね！　でも、先生は正体を隠《かく》してらっしゃる人なので、ここで見聞きしたことはくれぐれも秘密でお願いしますね！　——はーい、じゃ先生！入ってきてー！」

プロデューサーさんが突然そんなことを言って、僕は録音ブースの中に引きずり込まれた。

録音機械が並ぶコントロール・ルーム、そこに座っていればいいのだとばかり思っていたので、人生でトップ三に入るほど焦《あせ》った。正直、逃げ出そうかと思った。

捕《つか》まったウサギのような体でブースに入った僕を、プロデューサーさんが声優さん達に紹介した。

休学中とはいえ、十七歳で現役の高校生と知って、声優さん達の間をいろいろな反応が飛び交《か》った。

かつて何度もアニメの中で聞いたまさにその声で、

「はーっ！　今はそんな人がいるんだねえ……」（渋《しぶ》い声の、超ベテラン男性声優さん）

「わっけー！」（ハンサムな若手男性声優さん。女子人気が猛烈《もうれつ》に高い）

「すごいですね」（ヒロインを幾人も演じて、CDもたくさん出している綺麗《きれい》な女性声優さん）

などと言われると、恥ずかしいことこの上なかった。

しかも、〝原作者からのご挨拶《あいさつ》〟まで強《し》いられた。

あのとき何を喋《しゃべ》ったのか、僕はまるで覚えていない。日本語だったと思う。僕は、他の言葉は喋れないので。

アフレコ終了後に、担当さんにそのことを聞いたら、

「まあ……、うん……、よかった……、よ？」

最後はクエスチョンマークで言葉を濁《にご》された。それ以上聞く勇気は、僕にはなかった。

先週のアフレコはそんな状態だったので——、
そこにいた大勢の声優さん達の顔など、覚えているわけもない。


「ごめん。顔を覚えていなかった」

それでも、僕は似鳥《にたどり》に謝《あやま》った。そして、

「謝る必要なんかないのに」

あっさりと言い返された。

「あの状態であの人数の顔を全部覚えていたら、それは超人だよ」

気まで遣《つか》われた。

「でも、あの挨拶は面白《おもしろ》かった」

忘れて欲しかった。天を仰《あお》いだ僕に、

「ねえ！　いろいろ、驚いた？」

似鳥が、実に楽しそうに聞いた。

「そりゃあ、もう！」

安心感からか、僕は思いの外《ほか》大きな声を出してしまった。すぐに声量を落として、

「……死ぬほど驚いたよ」

「驚いて死んだ人って、いるのかな？」

「え？　えっと……、さあ？」

もっともな問いなので、僕は、あとで調べておこうかと思った。

こうして、一度とても驚かされて、理由が判明してホッとしたからか——、彼女との会話のハードルは、やや低くなった気がした。少なくとも、得体《えたい》の知れない人との会話ではなくなった。

「そうか……、似鳥って、声優だったんだ……。でも、それは、学校では秘密にしてる？」

他人との会話がまるで得意でない僕も、喋る余裕が出てきた気がする。だからか、珍しく自分の口から、質問が出た。

似鳥は、笑顔で頷《うなず》いた。

「うん。言いふらすものでもないと思って。でも、名前はこれを使っているから、そのうち、

誰かに調べられたらばれるかも。でも、そのときは、そのときのつもり」

「なるほど」

〝名前はこれを〟という言い回しが若干《じゃっかん》変に聞こえたが、彼女が伝えたいことは分かったので、気にはしなかった。それより、〝僕から彼女のことがばれることだけは絶対に阻止《そし》しよう〟、そう考えていた。

「ねえ、先生――」

「えっと！　……そう呼ぶの？」

驚いた僕が似鳥《にたどり》の喋《しゃべ》りに割って入ると、彼女は当然そうに、

「だって、原作者先生でしょう？　しかも年上だし。――本来なら、敬語にすべきですよ？」

「いいや、普通に……、タメ口で、できれば、お願い。あと、本名でも構わないけど？」

僕は頼みつつ訊《たず》ねた。すると似鳥は、

「でも、もしスタジオとかでそう呼んだら、まずくない？　私も――、まずい」

「ああ、確かに……」

すると、今度はペンネームしか教えていない場所で本名がばれることになる。それは僕にとって大きなダメージではないが、似鳥の立場は、本当によくない。クラスメイトであることは、言うつもりはないのだろう。

「大丈夫！　しっかり使い分けるから。学校では、先生だなんて呼ばない。約束する。もちろ

ん、正体をばらすなんてことは絶対にしない。誓《ちか》う」

「ありがとう。そうしてもらうと、本当に助かる」

「むしろ――、学校では一切《いっさい》話しかけない！」

似鳥が、言葉だけを取るとなかなかひどいことを、爽《さわ》やかな笑顔で言った。

「えっと……。まあ、それでもいいけど……」

僕は言いながら考えて、今度はかなり早く気づいた。

「いや、その方がいいのか……」

学校でうかつに話しては、僕や似鳥のことがばれてしまうおそれがある。

今みたいに近くに人がいない、または二人っきりでいる状況が思いつかない以上、学校では一切会話をしないというのは賢明《けんめい》な策《さく》だ。

「分かった。僕もそうする。うかつに話しかけて、ばれることになってしまうのを避けるために」

僕は了承したあとで、ふと正直な感想を漏《も》らす。

「似鳥はすごいね」

「すごい？　何が？」

きょとんとした似鳥に、僕は言う。

「まだ若いのに、プロの声優だなんて」

そして、即座に言い返される。

「俳優でも声優でも、若い人はたくさんいる。子役だっている。それに、先生――、自分は？」

特急列車は、快調に飛ばしていた。

四月に入って、急に日の入りの時間が遅くなったように感じる。窓の外はまだ明るい。

「先生は、いつもこの電車で行くの？」

似鳥《にたどり》の質問に、

「そのつもり」

僕は大きく頷《うなず》いた。

僕が、いや、僕達が参加するアフレコは、毎週金曜日の朝十時からになっている。よほどのことがない限り、このスケジュールが変わることはない。

だから僕は、毎週木曜日にこの特急列車で上京してホテルに泊まる。いわゆる前泊だ。アニメは全十三話の収録なので、アフレコも三ヶ月はかかる。

これからずっと、金曜日は学校を休み続けることになる。もちろん、学校側には事情を説明して、無事に許可をもらってある。いや、逆か。許可が取れる学校を選んで、僕は転入した。

「夜行バスって方法もあるけど……、正直、眠れなさそうで疲れると思って」

僕が言うと、似鳥が頷いた。

「なるほどなるほど。考えることは私とまったく一緒《いっしょ》だね。朝十はつらいよね。新幹線があれば、朝出発でも間に合うのに」

似鳥が言った〝あさじゅう〟とは（僕も最近知ったのだが）、朝十時から始まるアフレコスケジュールの呼び名だ。

これ以上、早いことはない。とはいえ、夜型人間が多い声優さんにはこれでもキツイらしく、テンションが上げづらいらしい。

「確かに。でも僕は――」

この在来線特急が好きだ。たいていは空《す》いてるし、往復とも始発駅乗車だから自由席でも絶対に座れるし、長い乗車時間も好きなことをしていられるし、天気がよければ景色もいい。

僕が素直《すなお》に思ったことを言うと、

「私も、これから好きになるかもね」

似鳥はそう答えた。

僕には、その意味が分からなかった。

話をしているうちに、車掌《しやしよう》さんが特急券の検札《けんさつ》に来た。

この列車の車掌さんは、時々若い女の人のときがある。今回もそうだった。

ガラガラの車内に二人並んで座っている僕達を見て、車掌さんがどんなふうに思ったのか、僕には分からない。

ただ、僕のに続いて似鳥《にたどり》の特急券を見たときに、一瞬《いっしゅん》だけ怪訝《けげん》そうな顔をしていたのは気になった。理由は、分からなかった。

車掌さんが離れてから、

「先生。東京《とうきょう》では、どこに泊まるの?」

似鳥が聞いた。そして、

「まさか……、編集部? 机の下に寝袋で……、こう……」

「いや、そんなことはない」

僕は少し笑いながら言った。

似鳥は編集部や出版業界についてはまったく詳《くわ》しくないようだけれど、それが普通の人の反応なんだなと思いながら、僕は質問に答える。

「仕事で東京に行って泊まりになるときは、電撃文庫編集部が、飯田橋《いいだばし》駅の近くのホテルを取ってくれることになってる」

「へえ。どこ?」

これは別に秘密にしておく情報でもないだろうと思って、僕はホテルの名前を答えた。

飯田橋駅と水道橋《すいどうばし》駅の間にある綺麗《きれい》なホテルで、チェックアウトが十二時と遅いことも含めて、僕は気に入っている。編集部からも歩いてすぐだ。泊まる部屋によっては、編集部が入っている〝角川《かどかわ》第3本社ビル〟がよく見える。

「ふーん」

似鳥からは、あまり反応がなかった。知らない、という顔をしていた。

そこで、こっちは知っているだろうかと思いつつ、もう一つ追加情報を出すことにした。

「でも、一昨年と去年末の忘年会のときは――」

そのとき泊まったのは、巨大なドーム球場の脇《わき》にある、名前も同じホテル。

巨大風船のようなドーム球場。なにかと広さや大きさの例えに出されるが、実物を見たことがないほとんどの人にとっては、まったくピンとこないと思う（シロナガスクジラや戦艦大和《せんかんやまと》よりはマシかもしれないが）。

そのドーム球場の脇に、地上四十三階建てという高層ホテルがそびえ建っている。

「ああ！」

似鳥が、今度は楽しそうに声を上げた。

「そっちなら何度も泊まったことがある！　いいホテルだよね。上の階は、すっごく景色がいいの！」

「うん。真冬だったから、よく見えた」

あのときは、本当に素晴らしい景色だった。

白いドームを見下ろして、隣《となり》に遊園地、そして延々《えんえん》と広がる町並み。遠くに見えたのは、筑《つく》波山《ばさん》。夜もまた、その時期だけやっているというイルミネーションがとても綺麗《きれい》だった。

東側に面したガラス張りのエレベーターからは、世界一高い電波塔《とう》が、ロールプレイングゲームのラスボスが住む塔のようにそびえているのも見えた。

僕は光景を思い出しながら答えつつ、何度も泊まったということは、似鳥《にたどり》の家は結構お金持ちなのかなと思った。

そのホテルは、東京の真ん中にあるが、普通のビジネスホテルとは違う趣《おもむき》だ。客室は、広くて豪華《ごうか》。浴室にはスピーカーがあって、テレビからの音が流れる。どちらかというとリゾートホテルのようだ（そんなのに泊まったことはないけれど）。

一円も払わないでこんなところに泊まっていいのかと、緊張と興奮《こうふん》で眠れなかった。

「じゃあ、明日は？　アフレコが終わったら、すぐに帰るの？」

矢継《やつ》ぎ早《ばや》に、似鳥が聞いた。

正直、助かる。僕は会話がとても苦手《にがて》だ。聞かれたことに答える方がずっと話しやすいから、とても助かる。

「うん。特急券も乗車券も往復で買ってあるから、乗れる時間の自由席で帰る。でも、時々、アフレコの後に打ち合わせが入る予定になってる。その場合、そのまま担当さんと飯田橋《いいだばし》の編集部に行って、打ち合わせして、もう一泊することになる」

「なるほど」

会話中に、特急列車は次の停車駅に止まった。二人の乗客が車両に乗り込んできて、一人がだいぶ前に、もう一人は五列前に座った。

停車中で静かな今ならさておき、走り出したら、まだ会話が聞かれる心配はないと思った。

列車が走り出して、

「さっき、何かプリントを読んでいたけど、ひょっとして、小説の原稿？」

似鳥は次の質問をした。答えるのに苦労しない質問だった。

「そうだよ。いつかは言えないけれど、将来出す予定の、『ヴァイス・ヴァーサ』の続編の原稿」

「おお……、かっこいい……。作家みたい」

似鳥が、両手の拳《こぶし》を小さく握《にぎ》りながら言った。

「そりゃあ……、作家ですから」

とてもこそばゆいが、そうではありませんとも言えないので、僕はそう答えた。自分で自分のことを〝作家ですから〟なんて言ったのは、間違いなく初めてだ。

「これは、先生の仕事の邪魔《じゃま》をするわけにはいかないか……」

「別にいいけど？　これはそんなに大切ってほどじゃない」

この原稿は、今日絶対にチェックしなければならないものではなかった。

回数を覚えていないほど、この特急には乗った。その間、僕はいろいろなことをしていた。

今日みたいに原稿チェックをしたり、ノートパソコンを叩《たた》いて執筆《しっぴつ》していたり、手持ちの本を読んでいたり。

　または景色を見ながら音楽を聴いて、新しいアイデアを考えていたり、考えていなかったり。

　もしくは、それら全てをごちゃ混ぜにして実行していたり、始発から終点までの乗車をいいことに、何もしないで寝てしまっていたり。

「ありがと」

　なぜだか分からないが、似鳥《にたどり》は小さく礼を言った。

　そして、

「実はね、私もやることがあるんだ。もっともっと、台本をしっかり読んでおきたいし」

「ああ、なるほど」

　当然、台本は明日のアフレコ用だ。アニメ『ヴァイス・ヴァーサ』、第二話。

「だから……、今日は別の席に行くね。また明日、スタジオでお互いを見かけましょう」

　似鳥は、残念そうでも楽しそうでもない、ごく普通の口調で言った。

　そして、

「もちろん、スタジオでも話しかけないけど。──私はまだまだ駆《か》け出しで、やっと名前のある役をもらえた声優で、先生はそのアニメの原作者先生だからね！　そんな！　頭《ず》が高い！」

　冗談なのか本気なのか分からないが、そんなことを言った。

　僕と似鳥の間にそこまでの上下関係があるとは思えないけれど、確かにこうして普通に話し

ているところを見られて聞かれたらいろいろと大変だし、ごまかすのも面倒《めんどう》だと考えて、

「分かった。スタジオでも、話しかけない。お互いばれたら、多分やっかいなことになるから。

僕は、口べたで、ごまかしきれないから」

似鳥は、くすっと笑いながら、眼鏡《めがね》の下の眼を細めた。

「了解。――ねえ先生、来週もこの列車に乗るんでしょ？」

僕は頷《うなず》いた。

「もしお邪魔《じゃま》でなかったら、また隣《となり》に座ってもいい？　作家さんなんて会ったことないから、興味があるんだけど……、いろいろと、聞いてもいい？」

断《ことわ》る理由は、なかった。

例え質問されるだけの存在であっても、僕にとって、似鳥のような女の子と話すのは滅多《めった》にない経験になる。

やがてはそれを、小説の中で〝使わせて〟もらいたい。

ただ、そのときは、モデルにさせてもらったことをハッキリと言って許可を取るか、それとも絶対にばれないようにするだろう。

「大丈夫だよ。僕は、いつも、この号車のこの位置に座ってる」

「やった！　これで、演技の深みアップ！」

「〝深み〟は、アップするものなの？」

「作家みたいに細かいね」

「作家……、ですから」

人生二回目だ。このやりとりは、今後お約束になるのだろうか？

「よし、じゃ、また来週！」

そう言ったとき似鳥《にたどり》は、もちろん僕の顔を見ていたが――、どこか僕に向けての言葉じゃないように聞こえた。まるで、似鳥が自分自身に言い聞かせるような口調だった。

似鳥が、席から立ち上がった。そして、長い髪を後ろに流してから、僕に小さく会釈《えしゃく》。

「じゃあ」

僕は軽く手を振《ふ》って、通路を歩き出した似鳥の背中と黒髪を見送った。

ずっと女子のお尻《しり》を追いかけるのも恥ずかしくなって、車両の半分ほどで視線を窓の外に戻した。

それから、ふくらはぎに当たっていたリュックを、さっきまで似鳥が座っていた席の上に戻したところで、

「あ……」

僕は気づいた。似鳥絵里《えり》が誰を演じるのか、聞きそびれたことに。

聞きそびれたと分かると、急にとても気になった。

「……………」

もしまだ、似鳥がこの車両のどこかに座っているのなら、それくらいは聞いておこうかと思って、僕はその場で立ち上がった。

目を凝《こ》らして捜《さが》したが、この車両に座る人達のなかに、似鳥らしい姿はなかった。さすがに、前の車両まで追いかけることはしなかった。

僕は座った。

その日の夜、ホテルで気がついたことが三つあった。

一つめは、ノートパソコンの中に、以前プロデューサーさんからいただいた、キャラ名と声優名が全員分リストアップされたデータが保管されていたこと。

二つめは、僕と同じように一泊の行程で、しかも台本のチェックをすると言っていた似鳥が、荷物を何も持っていなかったこと。

三つめは、立ち上がって似鳥を捜したときに、グレーのスーツの女性も座っていた席からいなくなっていたこと。

翌日の金曜日。四月十一日。

アニメ『ヴァイス・ヴァーサ』の第二話アフレコで、僕は似鳥を見た。

〝似鳥《にたどり》と会った〟ではない。文字通り〝見た〟だけだ。

東京都内某所《ぼうしょ》の録音スタジオ。

僕と担当さんが九時四十分頃にコントロール・ルームに入ったときに、似鳥は既《すで》に録音ブースの中にいた。

服装は、動きやすそうで地味なものになっていた。声優さんは、なるべく音を立てない服を選ぶと聞いたことがあった。

黒くて長い髪は、邪魔《じゃま》にならないように後ろで一つにまとめられていた。

それを揺《ゆ》らしながら彼女は、次々にやってくる先輩《せんぱい》声優さん達に、体育会系的な角度の挨拶《あいさつ》を何回も送っていた。

収録が始まった。

似鳥の出番は、ほとんどなかった。

無理もない。アニメ二話は、時系列で言えばまったくの冒頭《ぼうとう》になる。原作一巻の、三十ページまでくらいだ。

主に喋《しゃべ》るのは、『ヴァイス・ヴァーサ』の主役級キャラ達だけ。似鳥の演じるキャラクターは、この先の五話まで、一切《いっさい》出てこない。

では、似鳥はなんのためにいるのか？

この日出番がない別の有名声優さん達のように、スタジオに来なくてもいいのではないか？

僕が悩んでいると、やがて答えの一つが分かった。

名前すらない主人公のクラスメイト女子や、通りを歩く女性などを、一言二言《ひとことふたこと》だけ演じるためだ。そして、〝ガヤ〟と呼ばれる、多人数がガヤガヤと喋るシーンを。

一番マイクから遠い位置にあるイスに座って待機してる間も、本当にわずかな演技の時間も、似鳥は一瞬《いっしゅん》たりとも集中力と緊張を緩《ゆる》めず、真剣な表情をしていた。

真剣の言葉通り、〝本物の日本刀〟のような、鋭い表情だった。

話しかけるチャンスがなくて、よかった。あんな状態の彼女と何を話せばいいのか、僕にはまったく分からなかった。

四時間以上かかって収録が終わると、僕がその場にいる理由はなくなる。

アニメの監督《かんとく》さん、音響監督さん、プロデューサーさんなどに挨拶をして、挨拶の言葉通り、お先に失礼させてもらうことになる。

声優さん達も、順次録音ブースを出て、コントロール・ルームに短く挨拶を送ってから帰って行く。

僕が去り際にブースをちらりと見ると、似鳥は帰る声優さん達に、再び髪を揺らしながら挨拶をしていた。

男子高校生で売れっ子ライトノベル作家をしているけれど、
年下のクラスメイトで声優の女の子に首を絞められている。
—Time to Play—

第二章
「四月十七日・僕は彼女に聞かれた」

第二章「四月十七日・僕は彼女に聞かれた」

男子高校生で売れっ子ライトノベル作家をしているけれど、年下のクラスメイトで声優の女の子に首を絞《し》められている。

それが、今の僕だ。

僕の脳の中に産まれた黒い染みは、速度を上げて、そして音もなく広がっていく。

同時に、僕の視界中央から、雨が降り始める。

似鳥《にたどり》が眼鏡《めがね》のレンズの内側に溜《た》めた涙が、叫《さけ》んだ瞬間《しゅんかん》に揺《ゆ》れてこぼれたからだ。

でも、不思議《ふしぎ》なことに、それがいつまで経《た》っても、落ちてこない。

まるで、空中で止まっているかのようだ。

じっと見ていると、ゆっくりと、本当にゆっくりと、その大きさが増している。

でも、落ちてこない。

まだ、落ちてこない。

僕は、黒くなった脳で認識する。

今の僕には、時間がひどく遅く見えているんだと。

＊　　＊　　＊

四月十七日。第三木曜日。夕方。

僕は、特急列車の車内に入った。

ドアをくぐり抜けて、先週とまったく同じ席へと進んだ。

自由席車両は、今日もガラガラだった。先週よりさらに人が少なかった。

乗り遅れるのがいやなので、そして好みのこの席に座りたかったので、僕は二十分以上前から駅のホームに立っていた。待っている間、何度かホームの左右に視線を向けたが、似鳥の姿を見ることはなかった。

それでも一応、リュックは、最初から棚《たな》の上に置いた。似鳥が来たとき、いちいち立ち上がらなくてもいいように。これだけ空《す》いていれば、僕の隣《となり》に他人が来るとは思えない。

それから僕は、窓側の席に腰《こし》を下ろした。

僕は、左腕に巻いた腕時計を見た。

最初の印税が入ったときに、〝何か記念になる物を〟と思って買った三万円ほどのデジタル腕時計。以後、僕はずっとつけている。というより、これしか持っていない。

こんなにもしっかりと文字盤を睨《にら》むのは、買った直後以来だった。

列車は時間通りに、始発駅から滑《すべ》り出した。隣《となり》には、誰も来なかった。

この日は、朝から冷たい雨が降っていた。走り出すと、窓はすぐにびっしりと濡《ぬ》れて、景色は歪《ゆが》んで見えた。


今週の月曜日から今日まで、似鳥《にたどり》とは――、
約束通り、学校では何一つ話をしなかった。

いつも、僕の方が早く教室に入った。本を読んでいるかぼーっと妄想《もうそう》をしていると、似鳥はいつの間にか後ろに座っていた。

休み時間に振《ふ》り向いて話すことなどなかったし、向こうから話しかけてくることもなかった。

そもそも僕は、休み時間はほとんど教室にいない。トイレに行くか、その用がなくても、その辺を散歩しているかだ。

昼食は学食に行って一人で食べて、そのあとはギリギリまでいつも図書室にいた。

放課後は、すぐに帰っていた。なるべく早く帰って、本を読んだり、アニメや映画を見たり、または小説を書いていた。

列車が速度を増していく。窓の雨粒《あまつぶ》が流れていく。

隣の席は、空《あ》いている。

僕は呟《つぶや》いた。自分の行動に〝仕事〟という言葉を使うようになったのがいつだったか、もう思い出せない。アルバイトの経験すらない僕だが、いっぱしに仕事と言うようになっていた。

「仕事するか……」

僕は、リュックの中身を取り出すために立ち上がって、それを両手で摑《つか》んだ。

そのとき、すぐ後ろにある自動ドアが開いて、

「や！　先生！」

後ろから、話しかけられた。

まだ声しか聞こえなかったが、振り向く前に、それが誰だかはすぐに分かった。

僕は、リュックから手を離した。

似鳥は、今日は鞄《かばん》を持っていた。

赤茶色で、昔の旅行鞄のように見えるが、車輪がついている。コロコロ引いてきたそれを、似鳥は座席の後ろに横にして入れた。

手には、駅前にあるコンビニの袋を持っていた。

中が透《す》けて見える。中身はポテトチップスの袋が二つと、五百ミリリットルのペットボトル

のお茶だった。

「はい！」

似鳥《にたどり》が僕に差し出してきたので、僕はリュックではなく、コンビニ袋を手に取った。彼女の手に触れないように、我ながら器用に受け取った。

僕が窓際《まどぎわ》の席にお尻《しり》を下ろすと、似鳥も、先週と同じように長い髪を丁寧《ていねい》にまとめて、右肩から体の前に流しながら座った。

「先生、一週間ぶりだね。毎日、背中は見てるけど」

変な挨拶《あいさつ》だが、事実その通りだった。

「一週間ぶり。毎日……、視線は感じていたけど」

僕が、コンビニ袋を膝《ひざ》の上に載《の》せたまま、精一杯頑張《せいいっぱいがんば》ってそう言い返すと、

「分かった？　熱い視線？」

笑顔と一緒《いっしょ》に、そんな返事。

乗ってくれたので、僕はさらに頑張った。

「うん、分かった。頭の後ろがこう……、チリチリしてきたから」

「ほう、できるなおぬし。で、どんな意味だか、分かった？」

「こういう意味でしょ？　〝おいこら！　もっとミークの出番を増やせ！〟」

「正解！」

ミークは、『ヴァイス・ヴァーサ』に登場するサブキャラクターだ。

錬金術によって作られた〝ホムンクルス〟――、つまり人造人間の一人。

お話である以上、基本的にキャラクターは美形揃《ぞろ》いだが、ホムンクルス達はさらに〝人間離れした美〟の持ち主、という設定にしている。

そして、ホムンクルスの特徴として全員がオッドアイ――、つまり左右の瞳《ひとみ》の色が違う。

その色はホムンクルスによってバラバラだが、ミークの場合、右がワインレッド、左がイエロー。髪は金髪ショート。

着ているのは、露出が少なめでどこかエキゾチックな衣装《いしょう》。そして、首に巻いている緑のマフラー。

今隣《となり》に座っている黒髪ロング眼鏡《めがね》女子の似鳥絵里《えり》が、その声を演じる。


僕は、どうしても聞いておきたいことがあった。

三秒ほど言葉を選んだあと、

「似鳥は、『ヴァイス・ヴァーサ』は……、どのへんまで、読んだ？」

僕は、腰《こし》のひけた声で質問をした。

素直《すなお》に、読んだ？　とストレートに聞けずに、どのへんまで、を付け足してしまったのが、我ながら情けなかった。

これはどこかで聞いた話だが、声優さんが原作のあるアニメを演じるとき、原作を全部読み切る人もいれば、あえてまったく読まない人もいるらしい。

前者は、少しでも世界観と演じるキャラクターを掴《つか》むため。脚本で端折《はしょ》られた部分を理解するため（ただし、原作とアニメ脚本では大きく変わってしまうキャラもいる）。

後者は、まさにその逆。与えられた台本（脚本）こそアニメの全てなので、ギャップを感じないように、情報を意図的にシャットアウトするため。

もちろん、全部読むのは面倒《めんどう》であり時間がない、という考えもあるはずだ。漫画《まんが》ならともかく、小説を九巻ともなると簡単なことではない。

「いや、原作なんて全然読んでないよ？」

似鳥《にたどり》がそう答えても、僕には心の中でこっそりとガッカリする以外は、何もできない。その先の会話を続けられる自信もない。

それでもあえて聞いたのは――、
これから彼女と会話するとき、共通認識がどれくらいあるか知りたかったからだった。もし読んでくれていたのなら、そのつもりで話せる。

果たして、彼女の答えは、

「九巻まで全部読んだよ！　おもしろかったよ！」

だった。

実にあっさりと、さも当然そうに言い返された。そして、作者にとって一番嬉《うれ》しい言葉もついてきた。

「あ――」

僕が、続きが言えなくて、

「あ？」

似鳥は小さく首を傾《かし》げて聞いた。

僕は、しっかりと息を吸ってから、想いを声に出した。

「ありがとう」

似鳥は、すぅっと息を吸ってから、想いを口に出した。

「どういたしまして、先生」


『ヴァイス・ヴァーサ』

英語で書くと、〝vice versa〟になる。この言葉、普通は頭に and をつけて、一文の最後に使う。そして、その意味は――〝逆もまた真なり〟。

例えば、

『I hate him and vice versa.』

という英文なら、意味は、

『私は彼が嫌《きら》いだ。そして、逆もまたそうだ（彼も私が嫌いだ）』

になる。

主に会話に使われる表現らしいので口語にすると、

『オレ、あいつ嫌いだけどさ、お互い様だろ』

『私あの人嫌い。でも、向こうもそう思ってるわよ』

多分、こんな感じになる。

あまり英語らしくない響きの言葉だけれど、それもそのはずで、元はラテン語らしい。

この英語表現を知ったのは、中学生のときだ。英語の授業ではなかった。教科書には載《の》っていなかった。図書館で見たやや古いアメリカ映画のタイトルが、これだった。

『ヴァイス・ヴァーサ』がどんな話か一言で表せば、〝異世界召還《しょうかん》モノ〟だ。

応募原稿の、そしてやがて一巻となった話のあらすじは、こうだ。

主人公は、現代の日本に生きる少年。

名前は〝摘園真《つみぞのしん》〟。もちろん、ヴァイス・ヴァーサの意味、〝逆もまた真なり〟に引っかけている。

真は、おとなしい性格の男子高校生だった。遠くに山々を望む某《ぼう》県の某町で、幼なじみの女子の〝唯《ゆい》〟や、あまり多くはないが気の置けない友達に囲まれて、とても穏《おだ》やかな高校生活を過ごしていた。

しかし、あるとき謎《なぞ》の音楽が頭の中に聞こえたかと思うと、突然異世界へと連れていかれてしまう。

そこは、〝レピュタシオン〟と呼ばれる、絶対に地球ではないどこか。空に五つの月が浮かんで、惑星《わくせい》を囲むリングが光り輝く場所。

魔法《まほう》が当然のように存在し、エルフからドワーフからいろいろな人種が、そしてありとあらゆるモンスターが生息《せいそく》する世界。

わけも分からずさまよう真は、そこで、自分そっくりの少年と出会う。

それが、もう一人の主人公である〝シン〟。

外見は双子《ふたご》とも思えるほどそっくりだが、真とは対照的に攻撃《こうげき》的な性格と壮絶《そうぜつ》な戦闘能力の持ち主だった。

シンは、この世界に乱立する王国の王子。少し前に先王の父が死に、若くして国を受け継《つ》い

でいた。

シンは、自国を生き残らせるために戦っていた。そして、やがてはこの世界を一つにまとめることを、誰もが安定して暮らせる世界を夢見ていた。

レピュタシオンには、かつて〝偉大なる二人の王〟が雌雄《しゆう》を決する大勝負をした歴史があった。勝ち残った〝真の王（自称）〟が、以後統治していた。しかし、数百年の時代が過ぎ、〝真の王（自称）〟はいずこかへと消え去っていた。その威光《いこう》も霞《かす》み、今は混乱の時代を迎えていた。

真《しん》は、そんな血なまぐさい戦国時代の真っただ中に放り込まれる羽目《はめ》になった。そして遭遇《そうぐう》した最初の戦闘で、あっさりと死んだ。

そして、生き返った。

この世界において真は、何度でも蘇《よみがえ》る不老不死者《ふろうふし》だったのだ。

どんなに体が痛めつけられても――、つまり首が飛ぼうが、全身が焼かれようが、爆弾で小間切れになろうが、血肉は集まり、必ず復活する。

シンはそんな真に目をつけて、彼の利用を思いつく。

真はそんな荒事《あらごと》には首を突っ込みたくないと思いながらも、他に生きる術《すべ》も戻る方法も分からずに、シンと行動を共にする。

シンの妹で、やはり顔は二人によく似ている美少女エマ、二人の近衛兵《このえへい》である美人メイド集団、マッチョな猛者《もさ》揃《ぞろ》いの臣下達と一緒《いっしょ》に、真は乱世での毎日を何度も死にながら過ごし――、やがて、強大な敵国との戦争を迎える。

隣国《りんごく》の若き猛将《もうしょう》プルートゥが軍勢を率《ひき》いて、シンの国に攻《せ》めてきたのだ。

負ければ国がなくなるという状況で、真《しん》は、性根《しょうね》は優しく、戦《いくさ》を誰よりも嫌《きら》っているシンの心と決意を知った。そしてありったけの勇気を振《ふ》り絞《しぼ》り、シンに協力することを決めた。

最終決戦。

真はシンの影武者《かげむしゃ》となって、わざと捕虜《ほりょ》になった。

偽物《にせもの》だとあっさりばれて殺されて、作戦通り生き返って逃げ出して、真は戦場を混乱させる。

そして、最後はプルートゥとの一対一の勝負を迎える。

真は何度死んでもプルートゥに食らいついて、戦った。結果、美形のプルートゥが実は男装の麗人《れいじん》だったと分かった隙《すき》に、勝利する。

こうして、敵国をなんとか退《しりぞ》けて、真とシンは国を救った。

シンやエマが、国家として真への報酬《ほうしゅう》を考えているとき——、自分をここに送り込んだあの音楽が聞こえてきて、真は戻れることを知る。

レピュタシオンから消えるとき、真が同じ顔の少年に格好《かっこう》よく言い残したのは、

「貸しにしとくぜ！　シン！」

だった。

現代日本に戻ってくると、そこでは、一秒も時間が過ぎていなかった。

消えた場所、消えた時間に無事に戻ってきた真は、あれは夢だったのだと思いながら――、それでも少しの勇気が出せた自分を誇らしく感じながら――、自分を呼ぶ友達の声へと駆《か》けていく。

おしまい。

と思わせて、ここでは終わらない。
ページをさらにめくらせて、本当のラストは――、
数日後の放課後、唯《ゆい》や友達と遊びに行く途中の真の前に、
「なんだここはっ⁉」
現代日本に突然現れた、完全武装のシン。
そして、それを見た真の顔。
一巻は終わり、二巻に続く。

『ヴァイス・ヴァーサ』は、九巻まで出ている。

そのうち奇数巻が〝サイド・真〟、偶数巻が〝サイド・シン〟と呼ばれている。

これは、僕と担当さんがメールの中で便宜《べんぎ》的に使っていた言葉だったのが、そのうちに作品

紹介の文章に使われて、今ではすっかり読者さんたちにも広まった。

余談《よだん》だが、耳では区別がつかないので、サイド・真《しん》を〝サイド・まこと〟と呼ぶこともある。

奇数巻は、真がレピュタシオンに飛ばされて戦う、血なまぐさくてシリアスな話。

偶数巻は、シンが現代日本に飛ばされて騒動を引き起こす、コメディタッチの話。


二巻――、日本にやってきたシンは真の友人達に見つかって、真のとっさの思いつきで、〝中世鎧《よろい》姿コスプレ大好きの、長い間生き別れていた顔がそっくりで双子《ふたご》疑惑《ぎわく》がある従兄弟《いとこ》〟という設定にされる。

それから、シンは警察《けいさつ》に銃刀法《じゅうとうほう》違反で捕《つか》まりそうになり、車やビルや飛行機など現代日本のいろいろなものに驚き、遠くを見ようとして高圧電線鉄塔《てっとう》に恐るべき早さでよじ登り感電死して落下して――、
そしてやっぱり生き返る。

このままだと食うために追いはぎをしでかしそうなシンを、真は家に連れて帰る。

すぐに母親にばれたが、

「従兄弟ならしかたがないよね」

のんびり屋の母親になぜかあっさりと受け入れられて、一緒《いっしょ》に生活することになる。

いつどうやったら戻れるのか分からないまま、シンは真と日本で暮らし――、

やがて真の周りで巻き起こったトラブルを、かなり強引な方法で解決する。

二巻の最後、消えていくシンへお礼を言いかけた真に、

「貸しにしとくぜ！　真！」

前巻とまったく逆のシチュエーションで終わる。


三巻では、真が再びレピュタシオンへ。

四巻では、シンがまた日本へ。今度は、たまたま手をつないでいた妹エマもついてくる。

こうして、シリアスな話と、コメディタッチの話を繰り返していく。

自分で言うのもなんだが——、
いや、書いた自分だからこそ誰よりもよく分かっているのだが——、
『ヴァイス・ヴァーサ』は、コテコテな話だ。
中世欧州《おうしゅう》っぽいファンタジー世界も、多種多様なモンスターも、派手な魔法《まほう》も、怪《あや》しい科学とメカも、戦闘も戦争も、旅の要素も、相棒物《あいぼうもの》要素も、可愛《かわい》くて萌《も》える美少女達も、多数の個性的なキャラクターも、熱い男達の友情も、政治家達の権謀術数《けんぼうじゅっすう》も、同じ顔を含《ふく》めた推理トリックも、不老不死《ふろうふし》ネタも、色気のあるシチュエーションも、ギャグも、泣けるエピソードも、悲しい別れも、平和な学園物も、シニカルな不条理も、オタクなエピソードも——、

僕がそれまで小説や漫画《まんが》やアニメや映画で楽しんできたありとあらゆる要素を、これでもかとぶち込んで書かれた話だ。

レピュタシオンと日本を行ったり来たりしているのは、それらを同じシリーズで全部やるにはどうしたらいいか、頭を捻《ひね》って見つけた答えだ。

その話をしたとき、担当さんからは、

「ずるいよね」

とお誉《ほ》めの言葉をいただいていた。

特急列車の車内。

読んでくれていてありがとうと言った僕に、

「どういたしまして、先生」

そう返してくれた似鳥《にたどり》が、すぐに言葉を続けた。

「というわけで——、おやつ食べない？」

なにが〝というわけ〟なのか分からないが、似鳥は僕の膝《ひざ》の上にあったコンビニ袋をひょいとつまみ上げた。

「テーブルお願い」

僕は、言われた通りに、座席の肘掛《ひじか》けからテーブルを取り出した。

原稿チェックをするときも、ノートパソコンを使うときも、いつも自分の膝の上なので、これを使うのは初めてだった。

僕のテーブルの上に、似鳥はお茶を二本と、のり塩味のポテトチップスを置いた。

「私からの、差し入れ」

「あ……、ありがとう。結構お腹空《す》いているから助かるけど……、いいの？」

「遠慮なくどうぞ。私も食べるし。これはね、これから喋《しゃべ》ってもらうお礼。または、取調室のカツ丼《どん》がわり」

「なるほど。いろいろ聞きたいって、言ってたね」

別にカツ丼がなくても、僕は聞かれたことに全て答えるつもりだった（余談《よだん》だが、実際の警《けい》察《さつ》は取調中におごりとしてカツ丼を出さないし、注文ができる場合でも自腹《じばら》になるらしい）。

とはいえ、似鳥がお礼のつもりで用意してくれたのなら、遠慮なくいただくことにした。

そうすれば、お菓子のお礼だからたくさん答えたという言い訳が成立する気がした。

ポテトチップスの袋を開くために、両端をつまみながら、

「のり塩は大好きだ」

僕は正直な感想を言った。

子供の頃からずっと、ポテトチップスの中では、のり塩味がダントツで、他の味は食べたく

ないくらい好きだった。

「私も好き」

似鳥《にたどり》の短い言葉にドキッとして、僕は袋を落としそうになった。

待ちなさい。絶対にそういう意味じゃないから勘違《かんちが》いしてはいけませんと、自分に言い聞かせた。

この町の標高《ひょうこう》のせいで少し膨《ふく》らんでいたポテトチップスは、綺麗《きれい》に開いた。

僕は、ふと思い出した。

「馬刺《ばさ》し味は？」

出発駅に隣接《りんせつ》する土産物《みやげもの》店では、ポテトチップスではないが、そんな味のチップスを売っている。お土産用なので、ちょっと値段が高いのだが。

訊《たず》ねてから似鳥を見ると、彼女は深刻《しんこく》そうな表情と眼鏡《めがね》を僕に向けていた。

「もちろん噂《うわさ》を聞きつけて食べたことはあるけど、美味《おい》しいお菓子だったけど、やはり本物とは違う、と言わざるを得ない。でも、許せるとか許せないとか、そんな矮小《わいしょう》なことを言いたくはない。それを決められるのは私ではない気がする。では——、誰？」

あまりに深刻そうな、そして芝居がかった台詞《せりふ》に、僕は真面目《まじめ》に考えてから、

「……えっと、馬刺しの神様かな？」

「分かった。今度、ゴンスケの散歩の途中に会ったら聞いておく」

「よく、会うの？　散歩中に？」

「いや、まだない。――でもね、私の神秘体験はどうでもいい。それより、先週話した通り、今日はこれから、私の経験値を増すために、あなたの作家についての話を聞かせろください」

「分かった……。あと、日本語がちょっと変」

「作家みたいに細かいね」

「作家ですから」

ポテトチップスを四枚食べて、さらに、もらったお茶を二口飲むと、

「じゃあ、喋《しゃべ》ってもらいましょうか」

特急列車の車内で、僕の取り調べが始まった。

似鳥が眼鏡の位置を直したのは演技だったのか、それともそうでなかったのか、僕には分からなかった。

僕は似鳥に、

「分かった。聞かれたことには、全部答える」

男らしく言い切った。できることは、なんでもする。

「ただし、あまりにプライベートなことと、答えが自分の中でも固まっていないことと、他の人間のプライバシーに関することと、仕事上まだ絶対に公表できないことを除く……」

そう、女々《めめ》しく付け足した。できないことは、何もしない。

「分かった」

馬刺《ばさ》し大好き眼鏡《めがね》女子はそう言って笑うと、

「じゃあ、今日聞きたいのは――」

「え？　〝今日〟？」

「だって、二時間半しかないでしょ？　毎回テーマを決めて、来週はまた、別の事を聞こうかと思ってるんだけど」

「…………」

「私のポテチ食べたでしょ？　それ、一枚が一週分」

「…………」

僕は黙《だま》ったまま、五枚目に手を出した。


六枚目と七枚目をバリボリと食べたあとで、

「あ、食べる？」

さすがに自分ばかり食べてはいけないと気づいて、似鳥《にたどり》に袋の口を向けた。

「ありがと。でも、今はいい。もっとお腹が空《す》いたらね。全部食べてもいいよ？」

そんなことを言われたが、そうする気も起きずに、もう一枚食べたあとに、湿気《しけ》らないように袋をきつく丸めてコンビニ袋に入れておいた。テーブルは片付けた。

手をハンカチで拭《ふ》いて、お茶を一口飲んでから、僕は言った。

「さて……、どうぞ」

「もし……、失礼な質問があったらごめんね。そのときは、そう言ってね」

似鳥はそう前置きして、

「どんな人生だった？」

最初の質問はそれだった。

自分では分からないが、僕がよっぽど怪訝《けげん》そうな顔をしたのか、

「あ、ごめん、雑すぎた……」

似鳥は、慌《あわ》てて付け足す。

「あのね、私ね、最初のアフレコで、すっごく！　もう本当に本当にすっごく驚いたの！

『ヴァイス・ヴァーサ』はとても面白《おもしろ》かったし、初めて名前をもらったキャラだったし、じゃあどんな人がこれを書いたんだろうってずっと思っていたから。でも、ネットで調べたら、正体は一切《いっさい》不明作家で、女性じゃないかなんて書かれてもいて……」

まあ、そりゃ驚かれるよなあと、僕は思った。今までずっと、仕事で会った人を驚かせてき

た。

あるときなど、担当さんと一緒《いっしょ》にアニメ関係者との顔合わせに行って、

「おや？　息子さん連れてきたの？」

などと担当さんが言われてしまった。

「まあ、その人が新学期の教室で前の席に座ってこっちを見ていたときには、それ以上、それこそ心臓と呼吸が止まるくらいびっくりしたけど……。自己紹介が終わってなかったら、どうなっていたか……」

「ああ……、うん。なるほど。僕も先週、驚いたからよく分かる」

すぐに振《ふ》り向かなくてよかったと、今さらになって僕は思った。

「だから、まず質問。——先生はどんな子供時代を過ごしてきた？　何歳くらいから本を読んでいた？　小説を書き始めたのはいつ？　どうやって、あんなにたくさんのお話とキャラクターを思いついたの？」

彼女の聞きたいことが分かった。つまり、産まれてから今までの僕について。

「分かった。それなら答えられる」

僕が言うと、彼女の眼鏡《めがね》の奥で、茶色い瞳《ひとみ》が輝いた気がした。

人生最初の記憶については、答えたくないので答えなかった。

答える必要もないと思った。

だから、その次に覚えている事から、似鳥《にたどり》に答えた。

「僕は、幼い頃からずっと……、本ばかり読んでいた」

「どんなふうに？」

「うん。えっと、まずその前に、これを言っておかないと……。うちは、母子家庭なんだ。母しかいない。教えてくれなかったから、父親がどんな人間か、生きているのかすら知らない」

「…………」

似鳥が顔を曇《くも》らせていきなり黙《だま》ってしまったので、

「でも、僕にとってはとても当たり前のことだし、昔から、周りの人とか、クラスメイトとかはみんな知っていたから、別に隠《かく》すことじゃない。気にしないで」

僕はいつも言うことを言った。似鳥は小さく頷《うなず》くと、

「分かった……。じゃあ、先生は幼い頃からずっと、一人で本を読んでいた？」

僕は頷いた。

僕の家は母子家庭だ。

僕がどうして産まれたかは、母が教えてくれないから知らない。

もちろん、自分が神様の子だとは思っていない。

今さら知ってもしょうがないので、聞いたこともない。これから聞くこともない。

母の母は、つまり祖母は、僕が二歳のときに亡くなったと聞いている。祖父はもっと前に他界していた。つまり、母も僕も——、
他に身内は一人もいない。

母は、ずっと看護師《かんごし》をしている。おかげで、職をなくすことはなかった。決してお金持ちではなかったが、誰かに頼らないと生活できないほど貧乏でもなかった。

ただ、母が勤め先の病院を頻繁《ひんぱん》に変えるので、そのたびに病院近くのアパートに引っ越していた。この県内の、あちこちに住んだ。

僕は、本が好きだった。そのきっかけや時期は思い出せないが、子供の頃の記憶は、一人で本を読んでいることばかりだ。

家で本を読んでいるか、保育所で読んでいるか、小学校の図書館で読んでいるか。

絵本から始まり、子供向けの本になり、児童文学になった。小四のとき、学校の図書館の本は、あらかた読み尽《つ》くしたんじゃないかと思う。

本が好きで、本さえ読んでいられればよかった。他にやりたいことがなかった
そんなだから、友達はほとんどいなかった。

学校で喋《しゃべ》るくらいのクラスメイトはいたけれど、放課後に待ち合わせて一緒《いっしょ》に遊んだり、お

互いの家を行き来したりするような友達は、一人もいなかった。

転校も多かったし、僕自身が内向的だったし、それに何より――、

「本を読んで、本で遊ぶ方が楽しかったから」

「本で、遊ぶ？」

似鳥《にたどり》が、文字通り首を傾《かし》げながら聞いた。

当然だと思った。

これには絶対に説明が必要だ。

「僕の言う、〝本で遊ぶ〟っていうのは……」

本で遊ぶ。

それは妄想《もうそう》遊びだ。

まったくのゼロから、キャラクターやシーンや会話の妄想をすることは、小さい頃の僕にはできなかった。

だから、本を一度読んで、それから読み直す。

再読中に、その中のシーンを理解、つまり頭に浮かべ、勝手に壊《こわ》す。そして、自分の好きなように再構築する。

たとえば、
悲しい話を、ひっくり返して明るい話にする。

明るい話を、登場人物全員が非業《ひごう》の死を遂《と》げる話にする。

最初のうちは、そんな遊び方をしていた。

それに慣れてくると、登場人物を増やした。それは、自分だった。

僕がその世界に入り込み、既存《きそん》の登場人物を押しのけて、大活躍する。

一冊の本があれば、こうして、ゆうに十回は遊べた。全て違う展開にして、とことん遊び尽《つ》くした。

それは、〝ごっこ遊び〟のようなものだった。子供なら、誰でもやるものだ。

女の子は、お人形を使って。男の子は、自分がヒーローになったふりをして。

ただ僕は、本を使った。


「なるほど……」

説明を聞いた似鳥《にたどり》が、感心した様子で言った。

「つまり先生は、子供の頃から読書と空想ばかりしていたと」

「うん。僕は〝妄想《もうそう》〟って言葉の方が好きだから、いつもそうしている。意味はだいたい同じ」

空想の方がお上品な感じなのは認めるが、妄想の方が、ばかばかしいことをやっているというニュアンスがあって好きだ。

「小学校で、成績はどうだった？」

「体育以外は、そんなに悪くなかったと思う。本を読むのが好きだったから、教科書でも読むのは好きだった。もらった新学期の初めから、何回読み返したか覚えてない。余談《よだん》だけど、辞書を読むのも好き」

「なるほど」

「そして、小学校五年生のとき――、僕の人生を間違いなく変えた出来事があった。あれがなければ、今の僕はない」

嘘《うそ》ではなく人生最大級の出来事だったので僕がそう言うと、

「ど……、どんな？」

似鳥は真剣な顔をして食いついてきた。事件記者のようだった。手にメモ帳はないけれど。

答えようとしたときに、車掌《しゃしょう》さんがやって来た。今度は中年の男性で、テキパキと僕と似鳥の乗車券と特急券を調べて、去っていった。

「えっと――」

僕が、話の続きをする。

「母が、引っ越してくれたんだ。僕のためだけに」

それは、小学四年から五年になる春のこと。

母が、突然引っ越しを決めた。

転勤があったわけではない。母は、純粋に僕のためだけに引っ越しを決めた。

それまで住んでいた場所から、二十キロメートルほど離れた場所へ。

新しい住処《すみか》は、アパートが建っている場所は、この地域では最大の図書館のすぐ隣《となり》だった。

巨大図書館の隣に住むということは——、
これから毎日、そこにある本が読み放題《ほうだい》ということだ。学校の図書室の蔵書量など、比べものにならない。

話を聞いたときは、本当に嬉《うれ》しかった。そのために小学校はまた転校することになるが、そんなのは、僕にとっては本当にどうでもいいことだ。

これによって、母の通勤時間はだいぶ増えることになってしまった。それだけは少し心苦しかったが——、
いいや、実際は嬉しすぎて、そんなことを考える余裕はなかった。

「それからは、アパートの部屋にいるか、小学校にいるか、図書館にいるか、三つに一つだった。図書館は最高だった。なんていったって、本を買わなくていい！」

作家になった今となっては、できれば全ての読者には買って読んでもらいたいと思っている。我ながら身勝手なものだと思う。これは、似鳥《にたどり》には言わなかった。

「それは、素敵《すてき》なお母さんね！　そして、先生はさぞかし、読みまくったんでしょうね……」

「読みまくったし、遊びまくった」

僕は、たくさん喋《しゃべ》って乾《かわ》いた喉《のど》に、お茶を流し込んだ。

図書館には、小学校の図書室にはない本が揃《そろ》っていた。というより、そんな本ばかりが揃っていた。

つまり、大人《おとな》向けの本がたくさんあった。これによって僕は、読書の選択肢《せんたくし》を一気に広げることができた。

それまで、推理小説と言えば子供向けのルパンやシャーロックホームズだったのが、大人向けのものを読むことができるようになった。

主に日本の、有名作家の推理小説は貪《むさぼ》るように読んだ。

基本的に大人向けなので、時々かなりエロティックなシーンが出てくる。

描写がよく分からないまま、ドキドキしながら読んだ。後ろに人が来ると、そんなシーンを読んでいることを気取《けど》られないか気になった。

図書館には、学校図書室にはなかった漫画《まんが》があった。

もちろんとても有名な作品ばかりだったが、それまであまり漫画を読んでこられなかった僕には、有り難かった。古典的名作を読む機会を手に入れたし、漫画を読む楽しさも知った。

いわゆるライトノベルも、大量にあった。それらを読むことができた。

僕は最初、他の文庫とライトノベルの違いは特に意識していなかった。昔はどうか分からないが、表紙がイラストな文庫も、今は珍しくない。

ただ、図書館では棚《たな》が独立していたので、別のジャンルなのかなと思ったくらいで、気になったタイトルを読み始めた。

読んでみて分かったのは、どちらかというと漫画に近い小説だということ。絵も多いし、ストーリー展開も漫画に似ている。

この頃になると、〝可愛《かわい》く描かれた女の子キャラ〟には人並みに惹《ひ》かれるようになっていたので、ライトノベルはとても楽しく読ませてもらった。そして、遊ばせてもらった。

図書館では、映画を見ることもできた。

DVDを扱《あつか》っていたからだ。家に持って帰って見ることもできたし、図書館のテレビで見ることもできた。

話を楽しむという意味では本も映画も同じだと思い、いくつか見始めて、以後はどっぷりとはまった。漫画と同じく、古典的名作を片《かた》っ端《ぱし》から見た。

映画を見るようになると、それまであまり見てなかったテレビも、映画を目当てに見始めた。もちろん読書量が減るほどではなかったが、映画を見て、やがてアニメをよく見るようになった。

今でこそ、アニメは大好きでいろいろ見ているが、本格的に一つのアニメを毎週見て（または見逃《みのが》さないように録画して）、さらには録画を見直して話を楽しむようになったのは、小学校六年生の終わり頃だった。

そこまでの説明を聞いて、似鳥《にたどり》はいたく感心した様子だった。

「うーん」

真顔《まがお》で唸《うな》った。

「なんというか……、お母さん、引っ越し一つで、英才教育？」

「あはは。そうかも」

僕は素直《すなお》に笑った。そして、

「読む、または見るものの種類も増えて、それらを元に遊ぶ時間も増えた。それがいつだったか覚えていないけど、そのうちに、本を読んだ直後じゃなくても、妄想《もうそう》ができるようになっていた。寝る前とか、お風呂とか、授業中とか」

「授業中はダメでしょう！」

似鳥《にたどり》が笑顔で、ちっともダメだと思っていない口調で言った。そして、

「質問。先生は、テレビゲームは、やらなかったの?」

「ほとんど遊んでない。最初に触れたのは、小学校の低学年のときだったと思う。学童保育で、持っている人に借りて遊ばせてもらって、結構面白《おもしろ》かった。でも——」

「でも?」

「下手《へた》だったんだ。ドヘタ。何度教わっても上手《うま》く進められなくて、面白いと思うところまで行けなくて、結局は挫折《ざせつ》した。ストーリーが面白そうなロールプレイングゲームとかアドベンチャーゲームとかは、興味があったけど……、結局、本には勝てなかった」

「なるほど。なるほど」


雨の中を走る特急列車は、停車駅を重ねていた。

お客は増えてきたが、団体客がかなり賑《にぎ》やかに喋《しゃべ》っていたので、僕達は普通に会話を続けることができた。

ここまでの僕の人生について知った似鳥が、

「じゃあ、そんな小学校時代があって、先生はいろいろと空想することができて……」

僕の過去の中で、重大な決断について質問してきた。

「いつ頃、自分でも小説を書こうと思ったの?」

似鳥のこの質問は、担当さんにも同じように聞かれたことがある。その答えは、時間と共に変わるものではない。今度は、似鳥に答えればいいだけだった。

「決意のきっかけになったのは、中二のときのこと」

僕は、小学校を無事に卒業した。

結局、六年間で五回も転校した。もちろん、当時の友達は皆無《かいむ》だ。

僕は、中学生になった。通い出したのは、その図書館の近くにある中学校。

学校が近いということは、通学時間が短くてすむということだ。中学生時代、おかげで本当に助かった。

中学生になって僕が何か変わったかというと、最初はあまり変わらなかった。

身長は一気に伸びたし、声も変わった。

でも、それ以外は何も変わらない。相変わらず、友達を作らず、本を読んで映画を見てアニメを見て、妄想《もうそう》をする毎日だった。

「あ、勉強もしたよ！」

「よろしい」

この頃になると、妄想《もうそう》の舞台が、現実世界にまで広がっていた。

つまり、それまでは本の世界の中で活躍していた僕が、この世界でも凄《すご》いヤツとなり、活躍してしまう妄想だ（厳密にいつ頃からそうしたかは、もう覚えていない）。

例えば――、
中学校にテロリスト達がやって来て、教師を殺して生徒を人質に取って立てこもる。それを僕が、あっさりと解決してしまう、ハリウッド映画のような展開の妄想。

授業中に窓の外を眺《なが》めて――、

「あの牛乳配達トラックの中身はテロリストだ！　駄目《だめ》だアイツらを校内に入れるなっ！」

何度妄想したことか。

のちにこの妄想については、忘年会で別の作家さん達と会ったときに、

「僕は、こんなことをやっていました。あはは」

そう笑い話として言ったら、

「え？　――やったことない人、いるの？」

真顔《まがお》で驚かれた思い出がある。

なるほど、みんなやっていたのかと、僕は初めて知った。

だけど、この、〝格好《かっこう》よくて凄い自分が主役の妄想〟は――、

二年生になったときに、ぷつんと途絶《とだ》えることになった。

「どうして？　――そのときに、何があったの？」

インタビュアー似鳥《にたどり》が、僕に訊《たず》ねた。

眼鏡《めがね》の顔がずいっと寄ったので、僕は身を引いた。

「えっと……、簡単に言えば、自分の限界を知ったんだ」

「はい？」

「えっと、僕では、僕のままでは……、主役にはなれないと思い知ったんだ。悟《さと》ったんだ」

「んん？　まだ分からない」


それまでは、妄想中は〝自分〟が主役だった。

どんな話でも、自分が出てきて活躍した。

どんなアクションもこなし、どんな敵も倒し、どんな危機も脱し、どんな謎《なぞ》も解き、どんな美少女とも友達になった（彼氏や恋人じゃないあたりが、実に微笑《ほほえ》ましい）。

でも、中学も二年生になると、自分の限界が見えてきた。リアルな自分の限界が。

僕はスポーツもあまりできないし、成績だって学校トップクラスでもない。

友達づきあいも、上手《うま》くない。今まで友達がいたことがないのだから、当然か。

女の子と話しても、気取ったことは言えない。そもそも、異性と普通に会話が成立しない。

ケンカはしたことがなかったけれど、したくもないし、したら負ける自信がある。

そんな現実の自分を客観的に見てしまった結果——、
自由な妄想《もうそう》の中とはいえ、僕自身がありとあらゆるヒーローになれるとは、到底《とうてい》思えなくなってしまった。

今まで散々活躍してきた自分が、今度は活躍の足かせになってしまった。

もう、自分を主役にはできなくなった。悲しいし切《せつ》ないが、これはもう認めるしかなかった。

では、妄想は終わったのか？

とんでもない。逆だ。

「ここから、僕の妄想はエスカレートした」

似鳥《にたどり》は僕が言った言葉を口の中で繰り返した。

「エスカレートした……？」

そしてしばらく黙《だま》った。

列車がカーブに差し掛《か》かり、大きく傾いた。ぐいっと、横と下に力がかかった。

窓の外では、雨の中で形なく流れていく、木々の葉の緑が見えた。

「なんとなく分かった……」

似鳥が言って、僕は顔を彼女に戻した。

黒髪で眼鏡《めがね》で、馬刺《ばさ》しが大好きな年下の美少女は、僕の顔をしっかりと見ながら、

「〝自分ではないキャラクター〟を産み出し始めたんだ。違う？」

見事に正解を答えた。

中学二年生のとき。僕は、妄想の中で自分を捨てた。たぶん情けないキャラクターにしかなれない自分を、捨てた。

そして、別の人に活躍を委《ゆだ》ねることにした。

これが、転機だった。

〝僕にはこんなことはできないな〟と思うことをやめた。

〝このキャラはこんなことができる〟と思うことにした。

さっきの、学校を襲《おそ》ったテロリストｖｓ生徒なら――、

僕はもう、学校の中にはいない。

それより高いところ、例えば天空から、まるで神様になっていて、

〝子供の頃から、旧日本軍の特殊《とくしゅ》部隊出身の近所の老人のお世話をしていたら、知らず知らずのうちに毎日戦闘スキルを鍛《きた》えられていた中学生男子〟

というキャラクターを産み出して学校に放り込んだ。

その彼は、普段は地味な毎日を送っているが、銃声《じゅうせい》を聞くと急に体が機敏に動き出し、秘

められたパワーが開放される——、という設定。都合《つごう》のいい設定。

跳《と》び箱もろくに跳べない僕のかわりに、二階の窓までジャンプできる彼に活躍してもらうことにして、テロリスト達は、どんなに作戦を変えても人質を取っても、必ず全滅《ぜんめつ》することになった。


こうして、〝主役になれるキャラクター〟が生まれると、妄想《もうそう》の幅《はば》は一気に広がる。

キャラクターに合わせて、どんなシーンも作っていけることになる。

例えば、追われていた主人公の目の前にバイクと地下鉄の駅があったとして、僕は運転ができないから、当然のように階段を、ポケットの中の小銭《こぜに》を気にしながら下りていく。

でも、主役キャラクターは運転ができる（という設定な）ので、バイクに颯爽《さっそう》と飛び乗って、エンジンをかけて走り出す。なぜ都合よくキーが付いているかは知らないが。

こうして〝自分をクビ〟にしたことによって、まるで、それまで海にいた生物が地上に生息の場を移したときのように——、
進むことができる妄想世界が、どこまでも大きく広がった（実際には海の方がずっと広いのだけれど）。

「なるほど……！　面白《おもしろ》い！」

似鳥《にたどり》が本気で感心してくれている。ぱちぱちぱちと、白い手を叩《たた》いてもくれている。

「あ、ありが、とう」

僕はお礼を言って、こう付け足す。

「この時期には……、自分をクビにしたから、もう一つ、重要な変化が、あったんだ」

眼鏡《めがね》の下の瞳《ひとみ》が、僕を覗《のぞ》き込む。

「どんな？」


中二当時、〝主役自分〟を捨てたことにより、産み出した、または産み出せるキャラクターは急激に増えた。

現代日本でテロリストと戦う中学生と、ファンタジー世界で剣や魔法《まほう》を振《ふ》るう王子様が同じであっては困る。

敵だって、仲間だって、それ以外のサブキャラだって増えていく。

ヒロインも主人公の数だけ、またはもっとほしい（そうじゃないと、主人公がモテモテ状態、いわゆる〝ハーレム設定〟ができない）。

すると、増えてきた彼等《ら》や彼女達を、頭の中だけで管理、つまりずっと覚えていることが難しくなってきた。

同じ妄想を何度も繰り返すににしても、やっぱり忘れてしまうことに気づいた。

となると、せっかく生み出したキャラクターがもったいない。新しくキャラクターを作り出すことはもちろん楽しいが、お気に入りは取っておきたい。

ならば、僕の脳の中以外に記録するしかない。

どこに？

それほどたくさんの選択肢《せんたくし》はない。そのときの僕は、ノートに手書きで残すことにした。

中学校の斜め前にあるコンビニで買った大学ノートのページに――、

僕は産み出したキャラクター名を、特徴を、武器の種類と名前を、好きな食べ物を、キメ台《ぜり》詞《ふ》を書いた。

〝妄想《もうそう》ノート〟の誕生だ。

それまで頭の中で妄想していただけの僕の世界が、初めて文字になった。

そのノートの表紙に、

『My Warld the number first』

スラスラとサインペンで書いた瞬間《しゅんかん》のことを、今でもハッキリと覚えている。

僕が、将来作家なるための、小さな一歩を踏み出した瞬間のことを。

ワールドの綴《つづ》りが間違っていて、さらに〝ナンバーファースト〟も意味不明なことに気づいたのは、それから二週間後のことだった。

翌日に二冊目を買った際は、

『ぼくのせかい・にさつめ』

とひらがなで書いた。

似鳥《にたどり》が呼吸困難を起こしそうな勢いで――、

かつ他の乗客の迷惑《めいわく》にならないように気を使いながら笑い続けている間、

「あー、美味《おい》しい」

僕はのんびりとお茶を飲んだ。そして、もらったペットボトルが空になってしまった。

リュックの中に一本水があるが、これはどうしても飲み物が買えなかったり、薬を飲む必要があったり、つまりは緊急時用なので、開けることはしない。

似鳥が産み出していた座席の振動《しんどう》がようやく収まったとき、タイミングよく車内販売のワゴンが来たので、僕はお茶を買った。

列車がトンネルに入って、走行音がうるさくなったので、

「ああ……、面白《おもしろ》かった……。ほんと、何十年かぶりに、こんなに笑った！　ありがとう！」

似鳥は感情を声に乗せた。

僕は、あなたは幾つですかと心の中で突っ込んでから答える。

「どう、いたしましてー」

「あー、泣きすぎて、コンタクトずれるかと思った……」

「え？」

僕が首を傾《かし》げると、似鳥《にたどり》は苦笑《にがわら》いをして、

「あ、嘘《うそ》！ 眼鏡《めがね》にしたんだった……」

両手の指先で、眼鏡の左右をちゃかちゃかと叩《たた》いた。

「頭、大丈夫……？」

「だ、だれのせい？」

すぐに〝僕の〟と答えようとしたが、少し考えを変えた。

彼女にならば、多少の冗談は許される気がした。それまでの僕なら、女の子にこんなことは言わなかったと思うが、思い切って言ってみた。

「たぶん……、まいわーるど」

「ぶっ！」

似鳥が再び正気に戻るまで、僕はポテトチップスを食べて、お茶を飲んだ。

特急列車は、停車駅を重ねていく。

行程の半分ほどは来た。お客は、思ったより増えていない。窓の外はすっかり暗くなっていて、雨も降り続いている。

似鳥《にたどり》が言う。

「先生が空想を楽しんで、やがて自分を捨てて、キャラを増やして、それを残すようになったまで、とてもよく分かった。先生、説明するのが本当に上手《じょうず》」

「あ……、ありがとう」

そんなことを言われたのは、生まれて初めてだ。

「知りたくて聞いているのはこっちだから、お礼を言うのもこっち。ありがとう。——じゃあ、そのきっかけから、実際に文章として小説を書こうって思ったのはどうして？　そしていつ頃？　最終的に応募してデビューしてるんだから、もちろん書き上げたわけだけど、最初からスラスラ書けた？　それとも苦労した？　新人賞に、何回くらい応募した？　電撃文庫を選んだのは、どうしてだったの？」

お礼のあとに、機関銃《きかんじゅう》のような質問の連射。

答えるのは難しくないけど、質問を全て覚えていられるかなと、僕は思った。

順序立てて答えていかないといけない。

まず――、
実際に文章として小説を書こうと思ったのはどうしてか？　そしていつか？

それらの質問に答えるため、

「えっと……、例えどんなにたくさん妄想《もうそう》して、それを設定としてノートに残しても、それは小説じゃない」

僕はまずそう言った。当然のことだ。似鳥がこくんと頷《うなず》いた。

「そして、そこで終わっている人は、たぶんたくさんいるんだと思う……。いわゆる〝作家志望者〟という、実際に何か書いている人の手前に、もっともっとたくさんの〝作家志望者志望者〟がいるんだと思う」

似鳥は無言のまま、恐ろしく真剣な表情で、小さく何度か頷いた。

「実際に何も書かずに、〝自分は将来作家になりたいなあ〟と思っている人――、その人達が人生を無駄《むだ》にしているとか、駄目な奴《やつ》らだとか言うつもりは僕にはない」

このへんは、僕もさすがに言葉を選んだ。

「だって、僕が今、自分が作家だからといって、過去の自分をバカにしていいはずはない。誰だって、昔は卵だったんだと思うんだ。いつ生まれるかは、その人によって違うだけで」

格好《かっこう》付けすぎたかなと思ったけど、他にいい例えが思いつかなかったのだから仕方がない。

「だけど、作家になるためには、〝実際に自分の小説を書く〟という行動が絶対に必要。つまり、さっきの例えでいうと、内側から殻《から》を割るために叩《たた》き始めることが」

言いながら、僕は昔の自分を見ていた。四年前の自分を。

「人によって、小説を書き始めるきっかけと時期は違うんだと思う。正直、他人のはよく分からない。ただ、僕のはよく覚えてる……」

ここまでの前置きを終えて、僕は、似鳥《にたどり》の最初の質問に答える。

「僕が、妄想《もうそう》ノートから小説を書こうと思ったのは、そして実際に書くための努力を始めたのは――、妄想ノート開始の四ヶ月後。中学二年の夏休みだった。ハッキリと覚えてる」

似鳥の顔が、くっと寄った。この人は、質問するとき、人の目を見ながら顔を寄せる癖《くせ》がある。

「その、きっかけは?」

僕は答える。

「武器を手に入れたんだ」


僕が作家になるには、二つの武器が必要だった。

一つはもちろん、幼い頃からの読書と妄想の日々で培《つちか》った、妄想力。

もう一つが、書くための武器。つまりは、パソコンだった。

三年前の夏。僕の十四歳の誕生日に、母が何か買ってくれることになっていた。

誕生日とクリスマスだけは、何か大きくねだることができたからだ。

「まあ、大抵《たいてい》は高い本をねだっていたんだけど……」

その年だけは、違った。僕は、母に言った。一番安いやつでいいから、ノートパソコンが欲しいと。

母は、それは許可できないと拒絶した。僕一人で、インターネットに接続したいと思ったらしい。

それまでも、隣《となり》にある図書館ではインターネットが使えたし、僕は小六のときくらいから使っていた。本を調べたり感想を見たりしていた。

でも、図書館のパソコンには、絶対にチャイルドロックがかかっている。それに、使用時間は限られている。

母は、僕がインターネットにはまってしまうことを危惧《きぐ》したんだと思う。ネットや、ネットゲーム依存症《いぞんしょう》になり、引きこもって学校に行かなくなるような恐れを抱いたんだと。

パソコンは高いと言って、最初は許してくれなかった。当時は、携帯電話すら持っていなかった。

だから僕は、もう正直に言った。

インターネットはいらない。その証拠《しょうこ》に、ウチには回線を引かなくていい。もしどうしてもやりたければ、今まで通りに、お隣《となり》の図書館に行く。

僕は小説が書きたい。パソコンとワープロソフトで、小説が書きたい。

今までたくさん本を読んできたから、いろいろ書いてみたい。


「それで……、お母さんの反応は？」

似鳥《にたどり》が、結果は分かっているのに、心配そうな顔で聞いた。

「何日か悩んでから、最後は許してくれた」

「おお！　おめでとう！」

「嬉《うれ》しかったよ。もちろん、昔の人は原稿用紙に手書きで書いていたわけだし、僕だって頑張《がんば》ればできないことはなかったと思う」

今も手書きの人は尊敬しつつも、僕は言葉を続ける。

「けど、手書きとパソコンじゃ、効率が全然違うと思ったんだ。そして、それは正しかった。作家になって他の人の話を聞くけど、今のところ手書きの人の話は聞かない」

「なるほどー。じゃあ、つまり、先生が実際に小説を書き始めたきっかけは、心理的なものじゃなくて、物理的なものだった、ってことか……」

似鳥がまとめてくれたので、僕は大きく頷《うなず》いた。

パソコンの件だが、僕が思いの丈《たけ》を正直にぶっちゃけたところ、母は最終的には許してくれた。

今になって思うと、

「小説を書きたい」

と言っておいてよかった。

「作家になりたい」

だとだいぶ反応が違っていたと思う。

誕生日は来た。許可も下りた。だから、買ってもらうことにした。

とはいえ、僕も母も機械には詳《くわ》しくなかったから、母の運転で大きな家電量販店に行った。

とにかく文章が快適に書ければいい。

それ以外の機能は、例えばテレビが見られるとか、無線ＬＡＮでインターネットに繋《つな》がるとか、動画編集やゲームがサクサク動くとか――、

一切《いっさい》いらない。

そう割り切っていたから、店員さんにそのことを伝えた。

すると、中年の店員さんは、

「お子さんは、これから小説でも書くんですか？」

そう母に聞いた。

僕が横から、恥《はじ》も外聞もなく、

「そうです！」

と答えると、

「やあ！　それはいいね！」

急に張り切りだして、本当に丁寧《ていねい》に、いろいろと説明してくれた。

「あのときのあの店員さんは、本当にノリノリだったなあ……。そして、とても助かった」

僕が、顔も名前も思い出せない恩人のことをしみじみと語ると、

「将来、主役にして小説を書いたら？」

似鳥《にたどり》が脇《わき》からそんな提案。

「………。ちょっとメモっていい？」


あの店員さんは、僕に色々と教えてくれた。

「じゃあ、今度は先生が私に教えてくれる番ね」

「分かった……。将来小説を書く予定は？」

「今のところ、ないけど、知りたい」

「了解。まず、店員さんは言った」

パソコンが、必ずしも新品である必要はないと（そこは、中古も取り扱《あつか》っている店だった）。

値段が気になるのなら、ちゃんと整備された中古パソコンがいいですよと勧《すす》められた。

「なるほど。予算の方が重要だもんね。小説を書くには、どんなパソコンがふさわしいの？　それも教えてくれた？」

「教えてくれた。特にふさわしいものはないけど……、知ってると思うけど、パソコンには大別して、基本的に据《す》え置きで使うデスクトップパソコンと、ぱかっと開いて使うノートパソコンがある。そして、店員さん曰《いわ》く、ノートパソコンの方が、室内でもどの部屋にも持ち運べて楽だよって」

「なるほど。私も、家にデスクトップがあって、自分用にノートPC持っているけど、やっぱり自分のノートPCばっかり使う」

店員さんは、さらに言った。大抵《たいてい》のノートパソコンはバッテリーを積んでいるから、万が一停電したときに、ダメージが少ないと。

いつも持ち歩いて喫茶店なんかで仕事をする人には、パソコンの軽さが武器になるが、基本的に家の中だけで使うのなら、無理に軽くて小さいよりは、画面が大きくてキーボードも広いタイプの方が使いやすくていい。また、キーボードは後付けのものが装着できるから、後日いくらでも好みで選べる。

「へー、ノートPCにキーボードって付けられるんだ。知らなかった」

「以前会った作家さんは、そうやっていたよ。キーの並びが扇状《おおぎじょう》に開いている、特殊《とくしゅ》なキーボードを使いたいからって。僕は、最初からついているタイプで満足してる」

次に、店員さんは教えてくれた。パソコンには、基本ソフトで大きく分けてマッキントッシュとウィンドウズがあると。これは、初心者ならウィンドウズがいいと（マッキントッシュユーザーは立ち上がって〝異議あり！〟と声をあげるかもしれないが）。

その基本ソフトも、無理に最新でなくてもいい。さすがに、企業のサポートが切れているほど古いのは良くないが。

「なるほど。じゃあ、肝心《かんじん》のワープロソフトは？」

「有名なのを二つ、教えてもらった」

その二つとは、〝マイクロソフト・ワード〟と〝ジャストシステム・一太郎《いちたろう》〟だった。

店員さん曰《いわ》く、これは完全に好みだからどっちでもいいけれど、ワードは、パソコンに最初から入っていることが多い。

「ただし、日本語入力システムは、〝ATOK〟を強く勧められた」

「〝エイトク〟？」

僕は指で空中に文字を書きながら、似鳥《にたどり》に答える。

「アルファベット大文字四つで、エイ、ティー、オー、ケイ」

「なるほど。日本語入力システムっていうのは？　何となくは分かるんだけど」

「乱暴に言うと、打ち込んだ文字を、ひらがなやカタカナ、そして漢字にしてくれるシステムで、日本で売っているパソコンには、当然必ず入ってる」

ただし、ワードにATOKは入っていない。これは、一太郎で使われている、ジャストシステムのソフトウェアだからだ。

そして、このATOKは現状では一番賢いと、文章を書く仕事をしている人達からの評判が高い。入力中に小さな窓で意味を出してくれる電子辞典がついている版があるので、金額が許せば絶対に便利になる。

「実際、僕が会った作家さん達は、ATOKユーザーが多かった。このへんのことは、僕もまったく知らなかったから、本当に助かった」

それ以外だと、文章データは大して重くならない（容量が多くならない）から、保存するのはハードディスクでもメモリーカードでもUSBメモリーでもいいと、僕は教わった。

ただし、どんな記憶装置も突然壊《こわ》れることがあるから、データは毎回バックアップを取るべきだと。

「こうして僕は、店員さんに言われたことにほとんど従って、執筆《しっぴつ》用のパソコンを手に入れた」

それは、中古で、大きめの、日本メーカー製ノートパソコン。お値段、三万円ほど。

ワープロソフトは既《すで》に入っていたワード。ただし、電子辞典つきのATOKだけは別に購入、した。

それ以外には、データを保存するための、USBメモリーをいくつか。

困ったときのために、パソコンとワードの入門書（図書館でも借りられるが、手元に置いておきたかった）。

そしてたった一つだけ、ゲームソフトを買った。

キーボードを打つのが早くて正確になる、タイピングゲームだった。

「買ってきた物をすべて自分の机の上にずらっと並べたときは、本当に感動したよ」

これから、僕はこれで書くんだ、と。

僕が戦うために必要な武器は揃《そろ》った、と。

「まるで、不良少年がバイクを手に入れたかのようね！」

「ひどい例えだ！　――でも、うん、そんな感じ」

「使い方は？　すぐに覚えた？」

「そりゃ、もう。夏休みであることを生かして、朝から晩まで使っていればね」

僕は、とりあえず入門書を読んで――、
途中からは実際にパソコンをいじりながら、パソコンの、そして一番使うことになるソフトであるワードとＡＴＯＫの使い方を覚えた。

それから、タイピングゲームを始めた。

図書館では、例えば何かを検索《けんさく》するときなど、両手の人差し指を使って、えっちらおっちらと言葉を打ち込んでいた。

もし小説を書くのなら、こんなことでは絶対に追いつかなくなると思っていた。手書きでノートを取っていたときでさえ、妄想《もうそう》のスピードの方が書くよりずっと速くて、イライラしたというのに。

このタイピングゲームだけは、何度失敗しても真面目《まじめ》にやった。ホームポジションという、正しい指の置き場というのが重要だと知った。

入力方法は、アルファベットを使う〝ローマ字入力〟とひらがなをそのまま打つ〝かな入力〟があったが、僕はローマ字入力を選んだ。

なぜかというと、覚えるべきキー配置が少なくてすむから（その分叩《たた》く回数は増えるが）。

そして、ある程度タイピングに慣れてくると、その練習も兼ねて、妄想ノートの内容をデータ化していった。

「キャラクター・主役」「ヒロイン」「サブキャラ」「世界観アイデア」「会話」

そんなファイル名で、ワードに打ち込んでいった。

妄想ノートのときのように、横書きで打ち込んでいった。このときにすっかり横書き画面に慣れたので、今でも執筆《しっぴつ》中は横書きだ。

パソコンは素晴らしい道具だったが、気をつけるべきことが二つあった。

一つは、壊《こわ》さないようにすること。

一台しかない大切な機械だ。ノートパソコンだったが、基本的には自分の部屋かリビングルームでしか使わなかった。家の外には、絶対に持っていかなかった。

もう一つは、目を悪くしないこと。

本の虫だった僕だけど、不思議《ふしぎ》と視力は悪くならなかった。

暗いところでは読まないというルールだけは守っていたからと、学校の行き帰りの景色が開けていて、常に遠くを見ていたからじゃないかと思う。ちなみに、母も視力はいい。

パソコンは、慣れるまでは本当に目が疲れた（手も疲れたが）。

画面の明るさや文字の大きさを好みに合わせて調整することを覚えて、少しはよくなったが、あまり根《こん》を詰めすぎないように注意した。

うちは窓からの景色がよかったので、少しでも休めるときは、いろいろなことを妄想《もうそう》をしながら窓の外を見るようにした。

全部足したら、どれくらいの時間、僕は遠くに見える山を眺《なが》めていたんだろう。

扱《あつか》いに慣れてきてからは、パソコンを使うのが本当に楽しくなった。

タイピングの速度が上がるにつれて、思ったことをそのまま文字として残せるようになった。

パソコンは、自分の妄想を、綺麗《きれい》な文字に変えてくれる魔法《まほう》の機械。この道具は、僕の人生を変えてくれる。

当時はそんな風に思っていたが――、

「そうなったよね？」

似鳥《にたどり》が聞いて、

「うん、今のところはね」

僕は答えた。

こうして僕は、五冊あった妄想ノートを全てデータ化し終えて、さらにもう二冊分くらいの妄想を生み出して残した。

そして、僕は心に決めた。

「じゃあ、小説を書いてみよう。書いてみたい。書こう！」

中二の夏休みが、終わろうとしていた。

執筆《しっぴつ》を決意したのはどうして、そしていつだったかという質問には答えた。

次は、

『最初から書けた？　それとも苦労した？』

たしかこれだ。

「じゃあ、最初から書けたかどうかって質問に答えるけど――」

「うん、うん」

右隣《みぎどなり》に座る似鳥《にたどり》が、眼鏡《めがね》の下の瞳《ひとみ》を真っ直ぐ向けてきている。

何を期待しているのか分からないが、僕は正直に答えるしかない。

「全然ダメだった」

「はい?」


中二の二学期は、僕の今までの人生の中で、一番大変な時期だった。

もっと大変な時期がこの先に来るのかもしれないが、正直来なくていい。

学校生活は、問題なかった。

毎日中学校に行って、多少は妄想《もうそう》したけど授業は受けて、テスト前となれば勉強はした。

友達は、相変わらずいなかった。でも、いつものことだ。気にすることでもない。

問題は、小説執筆《しっぴつ》の方だ。

パソコンの使い方に苦労することは、すでになくなった。

妄想ファイルはたくさん貯まっていた。

格好《かっこう》いいと思えるキャラクターも考えた。

設定も積み重なって、細かくなっていった。とあるキャラなんか、生まれてからの歴史年表を、月単位で作った。〝何歳何月・乳母《うば》の見ている前で立ち上がった〟とか、今考えると相当笑える。

でも——、

「小説は書けなかったんだ。もう、全然」

「そう、なんだ……」

似鳥が、心配そうな顔をして覗《のぞ》き込んでくる。

いや、別に今書けないわけではないので、そんな顔をしなくてもいいのだけれど。

たぶん僕は、設定があれば、小説は書けると思っていた。

設定が決まったキャラクターを持ってくれれば、彼等が勝手に動いてくれるのだと思っていた。ノートから飛び出したキャラクター達が、目の前で勝手に動いて喋《しゃべ》ってくれるから、僕はそれを見ながら、行動を書き記《しる》していけばいいのだと思っていた。

自画自賛だが、どれもこれも魅力《みりょく》的なキャラクターばかりだ。魅力的な行動を取ってくれるに決まっている。そう思っていた。

とんでもなかった。

連中は確かに、僕の視界の中では、まるで飛び出してきてそこに立っているように見えた。

でも、動かなかった。人形を並べられたかのように、まったく動いてくれない。

子犬の観察日記をつけようと思ったら、ぬいぐるみだったような気分だった。


これはおかしい。

僕は今まで、いろいろなキャラが喋《しゃべ》って動いているところを妄想《もうそう》してきたじゃないか。彼等《ら》はスラスラと喋ったし、動いていた。

でも、真っ白な画面にキャラクターの名前を主語として打ち込んでも、その先が続かない。

その次の行動が思いつかない。だからやっぱり動かない。

面白《おもしろ》い台詞《せりふ》だけは思いついたからと、会話だけを書いたことはあった。

これは、けっこう書けた。

でも、会話のやりとりは単なる一シーンだ。それをいくつ並べても、小説にはならない。

僕は、一ヶ月ほど、画面を前にして悶々《もんもん》としていた。

設定はあるし、シーンも浮かぶ。会話も書ける。

でも、小説にするには、そこからどうすればいいか分からない。何からどうやって始めればいいのか分からない。

文章が書けなかった、ではない。

それ以前の問題で、〝どんな文章を書こうとすればいいか分からない〟だった。


やりたいことが思った通りにできないのは――、
辛《つら》いといえば、辛かった。

とはいえ、別にそれで僕が死ぬわけでもなかった。

この頃は新人賞に出す予定もなかったから、〆切《しめきり》に追われてもいなかった。

今にして思えば、この時期に必要以上に思い悩んでしまい、自分はダメなんだと凹《へこ》むことがなかったのは、とても幸運だった。

夏が終わり、九月も過ぎ、十月最初の土曜日のこと。

「昨夜も全然ダメだったから、今日はパソコン触るのはよそう」

そう思って、僕は朝から、本屋を兼ねたレンタルビデオ店に逃げていた。

DVDを借りて、まだ見たことがない映画を見ようと思っていた。

僕はそこで、書けない理由を見つけるきっかけを、見つけた。


「どんなっ⁉」

似鳥《にたどり》の鋭い質問を聞きながら、僕はお茶を飲んだ。小声とはいえ、ずっと喋り続けると、本当に喉《のど》が渇《かわ》く。

僕の人生の中で、こんなにも長い間喋《しゃべ》ったことがあっただろうか？　多分なかった。

僕の人生の中で、こんなにも長い間女子と話したことがあっただろうか？　絶対になかった。

二本目のペットボトルも、空にしてしまった。列車は行程の半分以上を進み、濡《ぬ》れた窓の外では、増えてきた町の灯りが流れている。

僕は似鳥《にたどり》の顔を見て、

「えっと、この先は来週にする？」

何気なくそんなことを言うと、

「えー。まだ時間あるよー？」

かなり睨《にら》まれた。


「じゃあ続けるよ。一つの質問から——。レンタルDVDを借りようとして、特に見たいのはなかったから、とにかく面白《おもしろ》そうなのを探《さが》そうってとき、似鳥だったら、どうする？」

「えっと……、パッケージを見る」

「うん、僕もそうする。まずタイトルを見て、表紙の写真を見て、だいたいどんな映画か、そこで興味を持つ。でも、それだけではまだ判断がつかなかったら？」

「そのときは……、裏を見る」

「どうして？」

「だって、簡単な〝あらすじ〟が書いてあるでしょ？」

「僕が見つけたのは、それだったんだ」


あらすじ。

物語のストーリーを、簡単に書いたもの。

その日僕は、面白そうなあらすじを探して、パッケージの裏ばかり見ていた。

そこにはたいてい、二百文字ほどで、映画のあらすじが書いてある。

例えば、『幼稚園・オブ・ザ・デッド』という映画があったとしたら、

『ゾンビウィルスを宿したウサギが、〇×幼稚園に迷い込んだ。何も知らない園児達は、次々にゾンビと化す。たった一人だけ免《まぬが》れた保母のリンダは、生前の行動を繰り返すゾンビ園児達の園外脱出を阻止《そし》するために、孤独な戦いを始めた。おやつを用意し、気を引く遊びで疲れさせ、いつもの昼寝の時間を目指す。だが彼女は知らない。ドーナッツ屋で働く恋人ロバートが、余計《よけい》な気を利《き》かせて、差し入れを持って園内に入ってしまったことを……』

こんな感じだ。ちなみにこれは、僕が即興で作ったものだ。

「なにそれ。見たい」

似鳥が、目を輝かせた。僕は似鳥のことをほとんど知らないが、ゾンビ映画は嫌《きら》いではない

ようだった。

「いや、これ、無理だから。思いついたこと適当に言っただけだから」

面白《おもしろ》いと思ってくれたのは嬉《うれ》しいが、いったい誰が、こんな映画に制作費を出してくれるというのか。まあ、将来僕が、ひょっとしたら書いて発表するかもしれなけれど。待てよ、ゾンビ映画はたくさんあるから、僕が知らないだけで既《すで》にこんな映画もあるかもしれない。

「それはさておき――」

僕は、話を戻す。

「そのとき僕は、いろいろなDVDのあらすじを読みながら、〝あれっ！〟て気づいたんだ。僕は今まで一度も、あらすじをちゃんと考えたことがないぞ、って」


僕はそれまで、たくさん妄想《もうそう》してきた。

起きている時間の五分の一くらいは、妄想につぎ込んできたんじゃないかと思う。

でも、それらは全て、設定であり、シーンであり、会話だった。

あらすじが表すもの、つまり、〝ストーリー〟が一つもなかった。

あれほど頭の中で繰り返した、〝中学校テロリスト襲撃《しゅうげき》話〟だって――、
思いついていたのは、最初の牛乳屋に化《ば》けた襲撃方法、テロリスト達の設定、襲撃の理由、いくつかのアクションシーン、どんなに頑張《がんば》っても絶対に殺されてしまう体育教師の死に様《ざま》バ

リエーション（ごめんなさい）、黒板消しを使ったラストの決闘トリック、そして、主役が「ただいま。疲れたよ、おやつ何？」と帰宅するラストシーン。

これでは、パーツでしかない。

まったく流れていない。

流れなければ、ストーリーにならない。

誰もいないレンタルビデオ店で、僕は呟《つぶや》いた。

「ストーリーを考えたことが、なかったんだ……」

それから僕は、DVDのパッケージの裏を片《かた》っ端《ぱし》から読んでいった。

開店直後にやってきて、借りもしないでパッケージの裏を次々に睨《にら》んでいった中学生は、さぞかし変な客だったろうと思う。つまみ出されなかったことを、今でも感謝している。

僕は、〝あらすじ〟の立ち読みを続けた。

結局、二時間以上そこにいて、一本も借りなかった。

「な、るほど……。すごい！　感動した！　ドラマチック！」

「あ、いや、べつに……」

似鳥《にたどり》から誉《ほ》められて、とても気恥ずかしかった。

むしろ、

「どうしてそんな簡単なことにそれまで気がつかなかったの？」

そう言われた方がよかった。

「すごいねえ……」

似鳥《にたどり》はひどく感心していて、ほら、その次は？　と視線で急《せ》かしてきた。

「あ、うん……。ようやく僕は、ストーリーを考えて書き残す、という行動を始めた」


とはいえ、これもまた簡単ではなかった。

まず、今まで考えたキャラクター達は、設定だけはたくさん纏《まと》っていた。

その設定が、ストーリーを考えるのに邪魔《じゃま》になってしまった。

ストーリーを考えようと頭の中に連れてきて、よりいっそう設定を付け足してしまうという失敗を何度か繰り返した。

やがて僕は、キャラクター達を連れてくることをやめた。

お前達はしばらく寝ていろとばかりに、頭の中に出すのをやめた。今あるファイルは開かないようにした。

たくさん読んだあらすじを思い起こしながら、既存《きそん》のキャラの顔をなるべく見ないようにして――、主人公《ヒーロー》。ヒロイン。ライバル。ラストのボス。

あえて、そんなシンプルな表現を使って、あらすじを書くことを試みた。

こうして悶々《もんもん》と悩み続けて、あるときふと、こんなストーリーが浮かんだ。

『中学生の主人公はある日、クラスの空席に座ってきた女子を見つける。

誰からも話しかけられずに寂《さび》しそうな彼女《ヒロイン》。放課後に思い切って話しかけて仲良くなるが、教室に誰もいない放課後にしか、彼女は会話をしてくれなかった。

ある大雨の日、会話を終えて一人で帰る主人公。流れの速い山道の国道。横断歩道を渡っていた主人公は、後ろから突き飛ばされる。

振《ふ》り向くとヒロイン。そして彼女に突っ込んできた信号無視のトラック』

僕は、あえてここで、あらすじを喋《しゃべ》るのを止めた。

「で？」

当然だが、似鳥が食いついてきた。眼鏡《めがね》が近かった。目力《めぢから》が怖《こわ》かった。

「えっと……」

「いじわる？　——あ、ひょっとして、これから書いて発表するとか……？　あの、ごめんなさい……」

オチを想像してもらう時間を提供したつもりだったのだが、似鳥が要《い》らぬ勘違《かんちが》いと配慮をしてしまったので、僕は慌《あわ》てて首を横に振《ふ》った。

「それはない！　ごめん、ちゃんと最後まで言う――。それから、トラックはそのまま走り去った。撥《は》ねられたと思ったヒロインの姿はどこにもなかった。翌日から、学校にも来なかった。図書室で主人公は、だいぶ昔にあの横断歩道で、トラックに飛び込んで自殺した彼女の写真を見つけた。おしまい」

「おー！」

似鳥《にたどり》が拍手まで始めたので、

「いや、やめて！」

僕は小声で制した。そして、

「この話、あんまり完成度高くないんだよ……。人生で最初にキッチリと最後まで思いついたストーリーだから、もう忘れられないけれど……、幽霊《ゆうれい》ってオチはありきたりだし、なんで主人公が助かったのかも分からないし、そもそも、放課後にヒロインと会話してなかったら、主人公はその時間にそこにいなかったでしょ？　ヒロインは、一体何がしたかったの？」

僕が、自分が作ったストーリーの粗《あら》を並べ立てると、

「言われればそうだけど、聞いたときはそんなの気づかなかったよ？　泣けるいい話だよ？」

「そりゃあ、どうも……」

「最初に最後まで考えたストーリーがそれなら、絶対に才能あるって！　将来、作家になれる

って！」

「うん……、もうなってます」

この日は結局、質問に全て答えられなかった。

列車はもう都内に入っていて、終着駅到着まで、あとわずか。

「また来週だね」

似鳥が言って、僕は頷《うなず》いた。

「押しつけるようで悪いけれど、お菓子、もらってくれる？」

似鳥が言った。もう一袋残っているポテトチップスのことだ。

断《ことわ》る理由はない。のり塩味のポテトチップスなら、いくつだろうが喜んでいただく。

これは、ホテルで夜にアニメを見ながら食べようと思った。アニメを地元より先に見ることができるのは、前泊の嬉《うれ》しい副産物だ。

列車に、到着のアナウンスが流れだした。途中で結構降りたので、残っていた少ない客が、降りる準備を始めた。

僕は、ふと気になった。

似鳥はどこに泊まっているのか。でも、こんなプライベートなことを聞いていいのだろうか？　しかも女子に。嫌《きら》われないだろうか？　軽蔑《けいべつ》されないだろうか？

そんなことを思い悩む僕に、

「私、親戚《しんせき》のところに泊まってるんだ」

席から立ち上がり、鞄《かばん》を引っ張り出していた似鳥《にたどり》が言った。この人はエスパーかと、またも思った。似鳥は続ける。

「目白《めじろ》の親戚のところ。それで……、実は、駅に迎えに来てるんだよね……」

そう言ってばつの悪そうな顔をしたので、僕は珍しく空気を読めた。

目白に行ったことはないし、それが東京《とうきょう》のどこにあるか詳《くわ》しくは知らないけれど、高級住宅地と聞いている。

実家もお金持ちそうな似鳥のことだ。門限とか交際とか、いろいろ厳しそうだ。

僕は、思いついたことを訊《たず》ねる。

「つまり、このまま僕と一緒《いっしょ》にいるところを見られると、あんまりよくないってストーリー展開？」

「イエス」

綺麗《きれい》な英語の発音で、似鳥が答えた。

「分かった。じゃあ……、僕が先に降りようか？　それとも——」

「先に、お願い。もしどこかのホームですれ違っても、知らない人のフリをしてくれると、本当に助かる！　どうか、この通り！」

僕は、片手で拝《おが》まれた。

そんなのはおやすいご用だ。学校のときと同じだ。

「分かった」

僕は席から立ち上がると、リュックとコンビニ袋を手に、通路に出た。そして、

「じゃあ、お先に」

「ありがとう。じゃあ、また来週！」

こうして僕は、まだ動いている車両の通路を、わざわざ前に向かって歩き出した。

第三章
「四月二十四日・僕は彼女に伝えた」

第三章 「四月二十四日・僕は彼女に伝えた」

男子高校生で売れっ子ライトノベル作家をしているけれど、年下のクラスメイトで声優の女の子に首を絞《し》められている。

それが、今の僕だ。

僕の首は、似鳥《にたどり》の冷たい手によって、まだ絞められている。ずっと絞められている。

僕の脳内は、全て真っ黒に染まっている。

ちっとも苦しくはない。痛くもない。

似鳥の涙が、ようやく一つ、僕の頬《ほお》に落ちる。

まだ、七つが空中にある。連なっている。時間は、ゆっくりと進んでいる。

先ほどから僕の脳内で、似鳥に会ってからの時間が、その記憶が、頭の中をものすごい勢いで駆《か》けめぐっている。やったことや言ったこと、全てが恐ろしいほどハッキリと、思い出せる。

そうか。

これが、いわゆる〝走馬灯《そうまとう》〟というやつか。

初めて、見る。

＊　　・　　＊　　・　　＊

「さあて、先週の続きといきましょうか？　先生」

四月二十五日。今月の第四木曜日の夕方。

朝から天気のいい日だった。いつもの特急列車にはやっぱり僕の方が先に乗り込んで、馴染《なじ》みの席をキープしていた。

駅を定時に出発してから二分ほどすると、車両後方から似鳥がやって来た。

やはりホームでは見かけなかったので、どれだけギリギリに駅に来ているのかと、心配になってくる。

それでも、鞄《かばん》を引っ張っていない方の手には、コンビニ袋がぶら下がっている。

中身は今日も、僕が（そして似鳥も）大好きなのり塩味のポテトチップスが二袋。そして本数が倍になったペットボトルのお茶だった。

あれを食べたら、質問に答えないわけにはいかない。

先週の金曜日のこと。
『ヴァイス・ヴァーサ』の第三話アフレコは、つつがなく終わった。
似鳥《にたどり》演じるミークの喋《しゃべ》るシーンは相変わらずなかったが——、
似鳥は僕が来る前にブースに入っていて、先輩《せんぱい》声優さん達に何度も挨拶《あいさつ》をしていた。

月曜日からの学校も、それまでと変わらなかった。

僕達は、学校では一切《いっさい》の会話をしない。

というか、僕が、クラスメイト達と一切の会話をしない。

みんなは僕を完全に年上扱《あつか》いしているし（事実そうなのだが）、授業中などで必要に迫られてほんの一言二言《ひとことふたこと》だけ会話するときは、もはや全員が敬語を使ってくる。

僕はクラスで唯一《ゆいいつ》、完全孤立状態——、
と思いきや、実はそうでもなかった。

似たようにほとんど誰とも会話しない生徒が、他に二人もいた。一人は男子、一人は女子。

じゃあ彼等《ら》と僕は、〝一人ぼっちトリオ〟（変な言葉だ）として仲良くやっているのかと思えば、実はそんなこともなかった。多分、これからもない。

対照的に似鳥は、まったく問題なく、普通の女子をやっている。

駆《か》け出しとはいえ声優だということは、まだ誰にもばれていないようだ。今まで名前のある役がなくて、知名度が低いからだろう。七月に『ヴァイス・ヴァーサ』の放送が始まると、どうなるか分からない。

ただ、彼女について、一つだけ新しく知ったことがある。

似鳥は、体育の授業を全て休んでいた。

一昨日の火曜日のこと。

通り雨で、男子の体育が急遽《きゅうきょ》体育館に変更になった。

女子がそこでバレーボールをやっていたのだが（男子が来たらブーイングの嵐だった）、似鳥は制服姿で、体育館の隅《すみ》に座っていた。

このときは、たまたま今日だけかと思ったが、違った。

そのあとの四時限目のこと。教室の席について先生を待っていると、連絡が来て自習だと判明した。

僕は、一人で本を読むため、図書室に行くことを決めた。立ち上がろうとしたとき、似鳥と仲がいい（たぶん）女子数人が、彼女の席の脇《わき》に来て話を始めた。すぐに先ほどの体育の話題になって、そのうちの一人が、

「わたし、体育大嫌《だいきら》い。あー、やんなくていい絵里《えり》が羨《うらや》ましーよ……」

そう恨《うら》み節《ぶし》を言ったのだ。

「いいでしょ？　でもねー、私だって、夏はプールで泳ぎたいよー！」

似鳥《にたどり》の明るい言葉に、

「まあ、それもそうだね。体育、条件付きで好き」

その女子はあっさりと前言撤回《てっかい》。

そこまで聞こえた直後に、僕は教室から出た。だからその先の会話内容は不明だが、似鳥が体育を全て休んでいるのは間違いないと思う。

理由は、分からない。

列車の中で聞いてみようかとも思ったが、それに、声優業について教えてほしいこともたくさんあったが、

「先週、若き日の先生は、〝ストーリーを産み出す〟を覚えた！　その続きから、ぜひ！」

それは、似鳥の気がすむまで、質問に答えてからでもいいかな、と思った。

今から三年半ほど前のこと。

中学二年生の秋に僕は、小説を書きたいのなら、設定ではなくストーリーを作らなければならないことを学んだ。

それからは、ひたすらストーリーを考え、書き残す日々だった。

僕のパソコンの中に、『ストーリー思いつき』というワードファイルが初めて現れた。やがて、そこから膨《ふく》らませて、

『宇宙大学生ヒッチハイク放浪《ほうろう》もの』

『夏の田舎《いなか》で連続殺人事件・犯人は祖母』

『クラスメイトがヘリコプター』

『豪華客船が座礁《ざしょう》して、そこで生きていく話』

『祖父が実は妹だった』

など、個別のファイルが増えた。

そして、それらをしまっておく、

『ストーリー思いつきフォルダ』

が生まれた。


どうやってストーリーを思いつくか、どうやって膨らましていくか——、さらにそこからどうやって書いていくか、または書いていったかなどの技術的な話は、今回の質問内容と違うし、とんでもなく話が長くなると思って答えなかった。

だから僕は、そのあたりの説明を端折《はしょ》って、冬も近い十一月の終わりくらいに、とあるファ

イルが生まれたことを話した。

そのファイル名は——、

『異世界飛ばされ不死身《ふじみ》もの』


「おお！『ヴァイス・ヴァーサ』！」

興奮《こうふん》した似鳥《にたどり》の大声。よく通る声。

出発直後で他の乗客が少ないからよかったが、けっこう際《きわ》どかった。

「ごめん……。ごめん……」

似鳥が肩を小さく落とした。

そして、すぐに胸を張った。

「いやー、そんな前の段階で思いついていたんだ！　それがアニメになって、七月から放送されるんだよ！　凄《すご》いことだよね！」

誉《ほ》めてくれるのは嬉《うれ》しい。僕も、振《ふ》り返ると、とても感慨《かんがい》深い。

あの思いつきがあったから——、
いろいろあって——、
本当にいろいろあって、今がある。

だけど、

「わっはっは！　どうだ凄いだろう！」

と言えないのが僕の性格なので、ここは論点をずらさせてもらった。

「でも、応募原稿を書き上げたのは翌年の四月だったから、終えるまで、六ヶ月くらいしかなかったんだよ」

「そっか……。中三の四月に応募してるんだもんね……。それ、そこから、書いていったとしたら、ひょっとして、先生にとって人生で初めて書き上げた小説？　そして、初めて応募した小説？」

「うん」

「やっぱり凄いわ……。じゃあ、その先を教えて。翌年四月までの、先生の歴史を」

ある日、『ヴァイス・ヴァーサ』のひな形となるストーリーアイデアが生まれた。そしてそれは、成長が早かった。

いくつか生まれたストーリーアイデアの中で、これが一番、膨《ふく》らむのが早かったのだ。

主人公が異世界に飛ばされて、不老不死者《ふろうふし》として活躍して、最後はやっぱり戻ってくる。

最初はこれだけだったストーリーに、いろいろな要素が次々にくっついていった。

文章を書いていた際に付け足されたモノはあるが――、
ダブル主人公で同じ顔に同じ名前の入れ替わりトリック、実は女だった敵将、元の世界に戻ってきたら今度は向こうが来た、などのストーリー要素は、ファイルを立ち上げた直後に立て続けに思いついた記憶がある。僕は興奮《こうふん》して、ガシガシとキーを叩《たた》いていった。

ストーリーの流れも、かなりすんなりと思いついた。今思えばかなり起承転結《きしょうてんけつ》がハッキリした話だったが、当時はそこまで考えていなかった。主人公の真《しん》の行動を軸《じく》に、ああなってこうなってと、どんどん書き残していった。

この頃の僕は日記をつけていなかったから(デビューが決まってからつけはじめた)、どの要素をいつ思いついたかは、残念ながらもう覚えていない。

やがて――、

『ヴァイス・ヴァーサ』のストーリーが完成した。

「素晴《すば》らしい！　そこからは？　すぐに書いていったの？」

「…………」

「先生？」

「それが――」

『ヴァイス・ヴァーサ』のストーリー完成直後、僕は思った。

これで書ける！　あとは書けばいい〝だけ〟だ！

それほど長い話じゃなくていいから、二週間くらいあれば完成するんじゃないか？

計算してみよう。

一日に文庫で二十ページくらい書いたら、十四日あれば、二百八十ページだ。

なんだ、今年中に書き上がるぞ！

いや、今月の上旬《じょうじゅん》かな？

下旬には、別の作品を書くのかな？


「今考えると……、どんだけ、バカだったんだろう……」

当時を思い出しつつ凹《へこ》む僕に、

「誰だって、許せない過去はあるよ。人は、そんな過去と一緒《いっしょ》に、成長していくんだよ。苦《にが》い食べ物でも、やがて血肉《ちにく》にはなるでしょう」

似鳥《にたどり》が、芝居《しばい》がかった台詞《せりふ》を、とても素晴らしい芝居で言った。

プロの演技ってすごいなと、お金を払わないで聞いていいのかなと、思った。

そして似鳥は、

「書けなかったの？」

サラリと素《す》に戻って聞いた。

「うん」

全然書けなかった。

それまでは、ストーリーが思いつかなかった。

それは、どうにか克服《こくふく》できた。

のちに出版されることになる本のストーリーが、細部は違うとはいえ、できあがっていた。

では何が書けなかったのか？

文章そのものが書けなかった。

「文章が書けないって、つまりは……、まるっきり全然、小説が書けなかったってこと、だよね？」

こくん、と、僕は頷《うなず》いた。そして、

「ストーリーができていて、主人公達の設定もできあがっていた。でも、文章が書けなかった。文章でどうやってそれらを表現すればいいのか、分からなかった」

「いわゆる、〝筆が進まない〟ってこと？」

その質問に、僕は、首を横に振《ふ》った。

「それは、普段は書ける人が、調子の悪いときに使う言葉だと思う」

「あー、なるほど」

「僕には、まったく書けなかったんだ。――例えばだけど、ストーリーがないから何を書いていいのか分からなかった頃は、サッカーのルールが一切《いっさい》分からないままグラウンドに立っているようなものだった」

「あー、うん。よくイメージできる。私はサッカーのルールを全然知らないから、何をすればいいのか途方《とほう》に暮れる。手を使ったらダメなことは知っているけど」

「でも、ゴールにボールを蹴《け》っ飛ばして入れたら点になることは分かるでしょ？　僕はそれすら分かってなかった。そして、ようやく理解した」

「ふむふむ」

「僕は、サッカーのルールを全部覚えた。チームのみんなと協力して、敵に取られないように足だけでボールを運んで、あのゴールに入れればいいことも分かった。〝よしボールを蹴ろう！　これでサッカーができる！〟――そう思っていたのが、当時の僕だった。でも、実際にはそこから一歩も動けなかったんだ。ボールの転がし方が、何も分からなくて」

「つまり――、〝蹴り方が分からなかった〟ってこと？」

「そう。ルールが全部分かっていても――、ボールを蹴ることができなければサッカーにはならない。文章そのものが書けない僕は、ボールが蹴れない選手だった気がする」

「なるほど。なんとなくイメージできたんだけど……、じゃあ……、それからどうなっちゃったの？　だって、実際書いて応募してそれでデビューしたんだから、書いたんでしょう？　書けたんでしょう？」

僕は、お茶を口に含みながら頷《うなず》いた。

「誰かが、教えてくれたの？」

僕は、ペットボトルのキャップを閉めながら、首を横に振《ふ》った。

「じゃあ？」

不思議《ふしぎ》そうな顔をしている似鳥《にたどり》に答えるため、すうっと息を吸い込んだ。

「僕は、ひたすら、足掻《あが》いた」


中二の二学期が一番大変だったと言ったのは、これがあったからだ。

全然文章が書けないのに、とにかく書いて前に進む——、まさに〝足掻き〟としか言いようのない毎日。

小説の文章が書けないなんて、当たり前だったんだ。だって、それまでの人生で一度もやったことがなかったのだから。

じゃあ、これから練習するしかない。

どうやって練習するか？

僕は思った。もうストーリーがあるのだから、これを書けばいい。

つまり、

「小説の文章が書けない」

↓

「その練習をするしかない」

↓

「小説の文章を書くことで練習しよう」

ということだが、これは理論としては完全に間違っている。

でも、僕はこれに挑《いど》んだ。

挑んだ、なんていうと格好《かっこう》いいが、実際はボロボロのヘナヘナだった。

書いては消して、書いては消して、ちょっとでも書けたかなと思ったら進んで、でもまたそこで詰まって。

なまじストーリーができているだけ、進まないもどかしさは強烈《きょうれつ》だった。

何度投げだそうと思ったことか。

「小説を書くのなんて、僕には無理だったんだ」

そう認めてしまえば楽になると、何度思ったことか。

「それでも、やめなかったのは、どうして？」

似鳥が、今までで一番優しい口調と表情で訊《たず》ねた。

どうしてだろう。

まず、

「せっかくノートパソコンを手に入れたのに！」

という気持ちは、少しはあったはずだ。

買ってもらったこと。使いこなせるようになったこと。

戦える武器を手に入れたのに、戦いから逃げるというのか？

でも、それが一番大きな理由だったとは到底《とうてい》思えない。

のんびりした性格の僕のことだ。両手をひらひらさせながら、

「まだまだ慌《あわ》てるような時間じゃない」

とでも言って、大人《おとな》になるまでに書ければいいんだと自分を納得させて、辛《つら》い足掻《あが》きから逃げ出しても不思議《ふしぎ》じゃなかった。

「それまでの自分を変えるんだ！　生まれ変わるんだ！」

なんて気持ちは、間違いなく僕にはなかった。中学生活に不満があったわけでもなかった。

「一度始めたことだろ！　ここで逃げ出すのは、悔《くや》しいだろう！」

なんて気持ちは、もっとなかった。

僕は、負けず嫌《ぎら》いでは、これっぽっちもなかった。

似鳥《にたどり》の質問に答えるために、ひたすらあの当時を思い出してみたが、

「ごめん。分からないや」

そう答えるしかなかった。そして、付け足す。

「今となって思えば、だけど……、辛い辛いって思いながらも、楽しかったのかなあ……？　いいや、違うよなあ。〝思い出せば楽しかった〟と、〝当時楽しかった〟は全然違うよなあ……」

似鳥の質問に答えられてなかったが、彼女は、

「…………」

無言のまま、何度か頷《うなず》いていた。


僕は書いた。

へたくそな文章で、『ヴァイス・ヴァーサ』を書き進めた。

これは練習なんだから、ボロボロでもいいと思いながら。

時期的なことを言えば、十二月の頭から書き始めて、勉強以外の時間はほとんどそれにつぎ込んだ。おかげで、本を読む時間が激減《げきげん》した。

そして、冬休みのある日のこと。

「あれ？　書く速度、上がったかな？」

僕は思った。

休みであるのをいいことに、一日中書いていたときのことだ。

二時間ほど集中してひたすらキーを叩《たた》いていて、その間に進んだページ数を数えて、僕は驚いた。いつの間に、こんなに書いたのか。


「今だから、結論を言えるけど……、とにかく書いたおかげで、文章力はずっと向上していただと思う。いや、ちょっと待って——」

僕は、発言を途中で訂正した。

「〝文章力〟って言葉の意味が、僕にはよく分かっていないんだ。上手《うま》い文章とか、下手《へた》な文章とか、それはどうやって計ればいいのか、分からないんだ。美文を書く人が上手いのか？分かりやすい文章を書く人が上手いのか？」

似鳥《にたどり》は、黙《だま》って聞いていた。

「だから、僕が〝文章力がアップした〟って言うのは、〝そこそこ書けるようになった〟くらいの意味で取ってほしいんだ。でも、何が〝そこそこ〟なのかも、実はよく分からないんだけれど……」

思考がまとまらない。発言すればするほど、泥沼《どろぬま》にはまっていくような感じがした。

「えっと、まあ、つまり……、いつの間にか、ひとまず書けるようになった、ということ」

僕は強引に結論付けた。

なんて下手で分かりにくい説明だったのかと思っていた僕に、

「すっごくよく分かるよ」

似鳥は言った。そう？　と思いながら、僕は口には出さなかった

「演技だってそうじゃないかな？　急に上手くなる人はいなくて、もし誰かにそう思われたら、それは、その人に長い間会っていないだけだって。毎日の練習で、積み重ねで、じんわりじんわり、ゆっくり上達していくものだって。楽器だってそうでしょう？」

「あ……、最初からその例えを言えばよかった。そう、楽器みたいに！」

「あはは。または、〝外国に放り出されたからできるようになった外国語の学習みたいに〟かな？」

「そうそれ！」

「〝溺《おぼ》れているうちに泳げるようになった〟、かもね？」

「今度使わせてもらう」

喉《のど》を湿《しめ》らすために、お茶を飲み過ぎた。

話を続ける前に、僕はトイレに向かうことにした。

通路側の席に座る似鳥に、一度立ち上がって廊下に出てもらう必要がある。心苦しいが、こ

ればかりは仕方がない。女の子に膝《ひざ》を引いてもらっただけで通り抜けるなんて、考えるだけで恐ろしい。

立ってくれた似鳥《にたどり》に、僕は軽く頭を下げて、

「ありがとう」

「どういたしまして」

立ったまま、眼鏡《めがね》のクラスメイトは言う。

「戻ってきたら、またいろいろ訊《たず》ねるから、逃げないでね？」

「走行中の車内からっ？」

「先生ならできる。自信を持って！」

作家をなんだと思っているのかと返事をしようとして、これ以上彼女に反応すると延々立ち話になりそうなのでやめた。

トイレは、すぐ後ろにある自動ドアを抜けて、隣《となり》の車両に入った場所にある。

僕は用を済ませて、どこまで話したか思い出しながら手を洗って、席の脇《わき》に戻った。

「ごめん」

「いいってことよ！　逃げなかったね」

そして再び似鳥に迷惑《めいわく》をかけつつ、席に座った。

「中二の冬休みに、先生は、自分がかなり書けるようになっていることに気づいたのです。さあて、そこから応募するまでの四ヶ月間に、いったいどんなドラマがあったのでしょう？」

テレビ番組のナレーションのように、素敵《すてき》な声と抑揚《よくよう》で似鳥が言った。さすがは、プロの声優さんだ。

見事な喋《しゃべ》りに感動して、似鳥のような新人女子高生声優さんが出てくる話をいつか書きたいな、果たしてどんな話にできるだろうかと妄想《もうそう》していると、

「おーい、先生？」

現実に引き戻された。

「あ、うん。えっと、中二の、冬休みからの話ね」

冬休みの間、僕はずっと『ヴァイス・ヴァーサ』を書いていた。

もちろん宿題はやったし、ご飯も食べたけど、それ以外のほとんどは、家に籠《こ》もりっぱなしでノートパソコンの前に座っていた。

では、年が明けて冬休みも終わるころ、書き始めてから一ヶ月で、『ヴァイス・ヴァーサ』がどれくらいできていたかというと、

「ひょっとして、全部？」

「まさか」

「半分くらい？」

「いや」

「…………。四分の一くらい？」

「そんなもんだね。真《しん》がシンに助けられて、王城に連れて行かれたあたり。エマを見て、妹までそっくりか、と驚くくらいまで」

「…………」

『ヴァイス・ヴァーサ』の起承転結《きしょうてんけつ》としては、起がやっと終わるか、承に入ったかな、という程度の進み具合だ。

似鳥《にたどり》は無言で驚いていたが、それでも結構進んだ方だと、当時の僕は思っていた。

中学二年の三学期が始まった。当然休みの日ほどは執筆《しっぴつ》に時間が使えなくなったけど、僕は書いた。

最初の頃に書いていた部分は、読み直すにつれて書き直していた。また、新しく書き進む部分は、割とペースがよかった。

この頃になると、僕は悩み始めていた。

この小説を書き終えたら、どうしよう？

「〝どうしよう〟って――、応募しようかってこと？」

「うん」

「えっ？　電撃文庫の新人賞に応募を考えて書いていたんじゃ、なかったの？」

似鳥はまたも驚いていたが、

「いや、全然」

僕は首を横に振《ふ》った。

「正直に言うと――」

まず応募そのものを考えていなかった。

『ヴァイス・ヴァーサ』を四分の一とはいえ書けたから、もちろん頑張《がんば》って終わらすつもりでいた。

その先の予定がなかった。

「応募するべきだったでしょう！　――って、あれー？　応募したんだよね……」

似鳥が、ちょっと面白《おもしろ》かった。

「じゃあ、応募することを、そしてそれを電撃文庫に決めたのは、どうして？」

先週たくさん聞かれた質問の、最後の一つに、ようやくたどり着いた。

「まず、どこかの新人賞に応募するかどうかだけど……、実は、そんなに乗り気じゃなかった」

「どうして？」

「なんか萎縮《いしゅく》していたんだ。応募するということは、将来の作家を目指すということだから」

僕は答えた。ちらりと右横を見ると、似鳥《にたどり》が、怪訝《けげん》そうな顔をしていた。

「それは、そうよね。応募して受賞して、〝本は出したくありません〟って人は、あまりいないでしょうし。でも、萎縮する必要なんて全然ないと思うけど……？　なんで？」

「当時の僕は、〝中学生が応募していいのかな？〟って本気で思ってたんだ。プロを目指すいろいろな人が渾身《こんしん》の自信作を応募してくるコンテストに、こんな子供が参加していいの？　これって、もっと〝大人《おとな》〟の人がやる行為じゃないの？　そう思っていた」

僕は、正直に答えた。当時は、嘘《うそ》いつわりなく、本気でそう思っていた。

似鳥は、それが理解できなかったのか、

「んー……」

うなり声を漏《も》らした。

声優は厳しいオーディションを勝ち抜いて仕事を得ると聞いているから、そしてそんな競争に、何歳だろうと曝《さら》されているのだろうから、無理もない。

「今考えると、そんなことを考える必要はなかったのは、よく分かる。でも、三年以上前だと、やっぱり僕はガキだったんだなあと……」

今でも、大人だなんて全然思っていないけれど。

似鳥が、やや鋭い目つきで、心の中を覗《のぞ》き込むように聞いてくる。

「あれだけ本が好きで、努力をして小説を書くようにまでなっても、〝将来は作家になりたい〟って、そのときには思ってなかったってこと？」

「思っていたといえば、思っていた。思っていなかったといえば、思っていなかった」

「はーい、先生」

似鳥が、右手を挙げた。そして、

「意味が、分かりません」

「えっと……、こう思っていた。〝小説家には憧《あこが》れるけど、そんなの僕には無理だよ！〟」

「…………」

「僕はそれまで、たくさんの本を読んで、感動してきて……、こんなのを書けてしまう作家ってどんな凄《すご》い人達なんだろう！　と思って生きてきた」

「それはよく分かる。だって、私は今、先生のこと凄いと思っているもん」

「あ、ありがとう……。それで、だから、中学生の僕は、自分がそんな凄い人になれるとは全然思っていなくて、新人賞に応募してそれを目指すなんて、おこがましいと思っていた」

「はあ……」

似鳥の生返事《なまへんじ》。当時の僕の感覚が、やっぱり理解できなかったんだろう。

「でも、どこかで心変わりはしたのよね？　そうでないと――」

「今、僕はここにはいない」

僕が言うと、似鳥《にたどり》はくすっと笑った。

「私もね」

そして、

「じゃあ……、誰か他人に、応募を勧《すす》められた、とか？　先生の小説を読んだ誰かが、〝面白《おもしろ》い！　君は作家になれるよ！〟って背中を押してくれたとか？」

その質問に、僕は、はっきりと首を横に振《ふ》った。

「僕は、応募前の『ヴァイス・ヴァーサ』を誰にも読ませてない。実際に小説を書いてることを世界で唯一《ゆいいつ》知っていたのは母だけど、やっぱり読んでない」

「じゃあ……、もう分からない！　一体何がどうなって電撃文庫に応募したの？」

似鳥がギブアップした。

僕は答えるために息を吸いながら、思っていた。あー、これを言ったら呆《あき》れられるかなあ、と。

「〆切《しめきり》が、四月だったから」

「はい？」

「電撃小説大賞の〆切は、毎年四月十日なんだ。カレンダーを見ていて、思ったんだ。それまでに『ヴァイス・ヴァーサ』を書き上げてみようかと。そして、無事に終わったら、応募してみようかと。ほら、終わらすことができるかできないか、とてもいいタイミングだったし、〆切直前には一日中書いていられる春休みもあるし」

「…………」

またも似鳥が黙《だま》ってしまった。

我ながら情けないが、それが本当に理由なんだから仕方がない。

「えっと、じゃあ……、電撃文庫がライトノベル最大手《さいおおて》だったからとかは、考えてなかったの？」

「当然知っていたけど、正確に言うのなら――、〝目標にするのにちょうどいい〆切があって、それが電撃だった〟ってことかなと。『ヴァイス・ヴァーサ』が、いわゆるライトノベル向きなのは間違いなかったし、そう思って書いていたし」

「つまり、まとめると――、作家なんて大それた夢だと思っていたけど、今書いている話を仕上げるにはピッタリの〆切タイミングだったから――」

僕は、うんうんと頷《うなず》いた。似鳥が続ける。

「腕試しのつもりでひとまず応募してみようと、たぶん一番倍率の高い業界最大手に送ってみることに決めた、と」

うんうん。

「そして結果的には、中二のときに書いた作品でデビューして、今現役高校生で作家をしていて、アニメ化するくらい売れている、と」

うんうん。

ほんと、運命はどう転がるか分からないなあと。

ぽかーんとしている似鳥《にたどり》を見ながら、僕は思っていた。

「…………」

応募目標を定めた頃に話を戻すと――、
例え理由がどうであれ、〆切《しめきり》ができるというのは本当にいいことだった。

それまでよりずっと、執筆《しっぴつ》に熱が入った。

もちろん、文章が書きやすくなったとはいえ、僕は頻繁《ひんぱん》に止まっては悩み、書いては止まってを繰り返していた。

僕の目標は、作家になることではなかった。

人生初小説として『ヴァイス・ヴァーサ』を書き上げること。

そして、電撃に応募することだった。


喉《のど》を潤《うるお》すために新しいお茶のキャップを開けた僕に、

「先生は、もちろん間に合ったわけだけど、やっぱり、応募〆切直前は大変だった？」

そりゃあもう！

僕は、飲みながらコクコクと頷《うなず》いた。飲みにくかった。

口を離してから、もう一度言葉で答える。

「そりゃあもう。中二の三学期は、テスト直前以外は、とにかく書いていた」

当時は本当に忙しかった。ただしテスト前だけは、部活動が一週間休みになるように、パソコンを封印《ふういん》した。もし大きく成績を落としたら、母から執筆禁止令が出てしまう恐れがあった。

「それで……、よく間に合ったね……？」

「そうだね。春休みに入る前に、半分くらいは進んでいたけど……、二ヶ月半かけてやっと半分だよ。そこから一ヶ月で、残りを書き上げる必要があった」

「でも、成し遂《と》げた」

「春休みは、朝から晩まで、本当にずっとずっと書いていた。でも、不思議《ふしぎ》なことに——、前半より後半の方が楽だった。いや、不思議でもなんでもないか。だってそれだけ書き慣れたわけだし」

それに、と僕は付け足す。

「ストーリーは全てできていたから、後半の盛り上がるシーンを書くのが楽しみだった。真《しん》が逃げに逃げて、それから一気に戦いを決意するシーンとか、書きたくてしょうがなかった！プルートゥの性別がばれるシーンも！」

「………」

似鳥《にたどり》がジッと僕を見つめていたので、

「あ、ごめん。うるさくしすぎたよね……」

僕は謝《あやま》ったのだが、正しい答えではなかったのか、

「ううん」

似鳥は微笑《ほほえ》んで、小さく首を振《ふ》った。そして、

「『ヴァイス・ヴァーサ』を書き終えたのは、いつ？」

当時のことは、本当によく覚えている。

「まず、最後のシーンを書き終えたのは四月の二日。出来はとにかく、〝完〟の文字を入れられたんだ。それから、画面の上で何度も何度も直した。特に後半は、急いで書いたから、かなり文章が変だった。直すところがたくさんあった。そして六日の夜中に、それも終わらせた。〝完〟の文字は、本当はここで入れるべきだった」

「昔の話だけど、おめでとう！」

「あ、りがとう……」

まさか、三年前のことで祝福されるとは。でも、嬉《うれ》しかった。

「人生初小説を書き終えて、どうだった？　やっぱり、充足感があった？　感慨《かんがい》に浸《ひた》った？」

「いや、そんな余裕はなかった。そこからも、本当に忙しかったから」

「そうなの？　だって、プリントして送るだけでしょう？」

意外そうな顔をしている似鳥に、当時僕の頭を悩ませた原因を告《つ》げる。

「僕の家には、プリンターがなかったんだ」

「あー……」

「今ではメール投稿ができる新人賞もあるって聞いているけど、電撃小説大賞は、今も昔もプリントアウトした応募原稿を送る必要がある。まあ、当時の僕はメアドすら持っていなかったけど。ちなみにこの場合の〝原稿〟っていうのは、普通の真っ白な用紙に印字したもので、原稿用紙にプリントする必要はない」

「じゃあ、どうしたの？」

「図書館のインターネットでいろいろ調べたんだけど……、ウチの近くに、百枚以上のプリントをしてくれるお店はなかった。都会なら、ビジネスコンビニっていう、いろいろなサービスをしてくれる場所があるそうだけど。結局、これはもうプリンターを買うしかないということになって、始業式の前日に、今度は一人でバスを乗り継《つ》いでお店に行ってきた。新しい武器を急遽《きゅうきょ》手に入れるために」

「高かったんじゃない？」

「安くはなかったけど、僕が想像していたほどじゃなかった。モノクロ印刷のレーザープリンターで、一万円ちょっとくらい。お年玉の貯金があって、本当によかった……」

「もし……、そのとき、使えるお金がなかったら……？」

「電撃大賞の応募は、間違いなく間に合わなかった。別の賞に送っていたと思う」

「じゃあ……、そこでデビューしていたかな？」

「可能性はあるけど……、落とされていたかも……」

「いざというとき、一番頼りになるのはお金なのね……」

「いや、まあ……、そうかもしれない」

「愛とか友情とかでは、どうしようもないこともあるのね……」

「そうかも……、しれない」

「あ、続きをどうぞ」

「え？　あ、うん。──お店で僕は、プリンターと、予備のトナーとA４のコピー用紙をたくさん買ってきた。あと、原稿を入れる普通の封筒《ふうとう》と、郵送用の大きくて頑丈《がんじょう》な封筒。穴を開けるパンチと、百円ショップの靴紐《くつひも》」

「最後の二つは、何に使うの？」

「応募規定にあるんだけど、原稿の右隅《みぎすみ》に穴を開けて、紐で綴《と》じなくちゃいけないんだ。綴じ紐って専用品はあるらしいけど、よく分からなかったので靴紐」

「なるほど。クリップじゃないんだ」

「以前担当さんに聞いたけど、クリップだと、もし外れたら大変なことになるんだって。応募原稿にはページ番号が振《ふ》ってあるけど、いくつかを一緒《いっしょ》に落としたりして、他の作品とごっちゃになったら……？」

「それは……、想像するだけで、恐ろしいね」

「うん、恐ろしい。だから紐でしっかりと綴じる。審査《しんさ》が進むと原稿はコピーがとられて、複数人に同時に読まれることになるって聞いたから、そういう場合は、ほどく」

「なるほど」

「僕は、お店から帰宅してすぐ、プリンターを接続して、印刷テストをした。ちゃんと動くことが分かって、本当にホッとした。翌日の八日に、中三の始業式から帰ってきてから、作業を始めた」

「本当にギリギリだったんだね」

「焦《あせ》ってたよ。応募原稿は、一枚につき、一行が四十二文字の三十四行でプリントアウトする指定がある。それが間違ってないか、ちゃんと縦書きになっているかを、ワードの〝ページ設定〟でしっかり確認した。あと、どこかにページ番号がついているかどうかも」

僕の台詞《せりふ》の前半で、似鳥《にたどり》が首を傾《かし》げていた。そして、訊《たず》ねる。

「その、中途半端な文字数は、どうして？　例えば……、切りよく、四十文字で三十行じゃいけないの？」

「電撃文庫のフォーマットなんだ。一ページ四十二文字かける十七行で、見開きだと三十四行になる」

「なるほど……。文庫と同じページ計算にするための指定ね」

「そう。そして、プリントアウトを始めたところで——、僕は、一つ大きなものを忘れていたことに気がついた。一緒《いっしょ》に送らなくちゃいけない梗概《こうがい》」

「コウガイ？　……大気汚染とか？」

「どうやって大気汚染を送るのかは後で聞くとして……、梗概は〝あらすじ〟のこと。応募要項には、応募原稿には、二つの紙をつけるようにと指定があった。一つは、情報を書いた紙。タイトルと、本名と、ペンネームと、住所と、年齢と……、電話番号と、あと、なんだっけ？ごめん、もう、忘れた。応募するときは、ちゃんと調べてね……」

「別に私は応募しないし」

似鳥《にたどり》は笑いながら答えて、

「で、もう一つの、あらすじっていうのは、どうやって書くの？」

「これは、多分どんな新人賞でもそうだと思うんだけど、話の内容を簡潔《かんけつ》にまとめた梗概をつけなくちゃいけない。しかも、文字数指定がある。電撃だと、八百文字以内。僕は、それを書くのをすっかり忘れていた。レーザープリンターが唸《うな》っている横で、慌《あわ》てて書き始めることにしたんだ」

「でも、要点をまとめるだけでしょう？　先生なら、それくらいすぐに——」

書いちゃえない？　との似鳥の言葉を、僕は遮《さえぎ》った。

「分からなかったんだ。あらすじの正しい書き方が」

「正しい書き方？」

「そう。僕は知らなかった。あらすじは、最後のオチまでしっかり書いてしまうべきなのか、それともＤＶＤの裏のあらすじみたいに、〝果たして主人公に待ち受けるのは――〟ってぼかすべきなのか」

「ああ……。どっちなの？」

「僕は慌てて図書館に行って、ネットで検索《けんさく》した。そしたら、同じような質問とその答えがたくさん出た。みんな、同じように悩んでいるんだなあと思った。正解は、〝オチまでキッチリ書く〟だった」

だいぶバタバタしたけど――、
それでもなんとか、送るべきものが完全に揃《そろ》ったのが、八日の夜中だった。
僕はプリントアウトした原稿を揃えて、書いた情報とあらすじを重ねて、右上に穴を開けて綴《と》じた。
念のために、まったく同じものを二つ作った。靴紐《くつひも》が余っていたからだ。これは、今も僕の机の中にある。

翌日、学校から帰ってきてすぐに、中身をもう一度チェックして、

「よし……」

僕は郵便局に向かった。

その帰り道、手にしたレシートを見ながら、

「作家かあ。なれたら、いいなあ。でも、無理だよなあ」

それまで、そんな消極的だった気持ちが、

「作家かあ。もし、なっていいって言われたら、嬉《うれ》しいな。そうしたら、なっちゃおうかなあ。なってもいいよなあ」

そんな前向きな気持ちに変わっていったのを、よく覚えている。

「はー……。すごいね。よく、頑張《がんば》って、仕上げて、出したよね……。すごい。本当にすごい。頑張った。よく頑張った、うんうん」

似鳥《にたどり》が、ブツブツと僕を誉《ほ》めてくれている。

誉めてくれていること自体は嬉しいのだが、そして今でこそ素敵《すてき》な思い出だが——、僕はその時点では、そこまで感慨《かんがい》を持っていなかった。

もちろん、長編を書き終えたことは自信になった。とても苦労したから。

でも、応募はゴールではなかった。

スタートでもなかった。

僕にとってそれは、〝スタートラインに立とうとすることが許された〟くらいの気持ちでしかなかった。

実際にスタートラインに立ったのは——、
高校に合格したことを知ったとき。

それよりも、一年近く先のことだった。


そこまでの話もしなければならなかった。

落ちてからデビューが決まるまで。

僕は大好きなのり塩味ポテトチップスを少し食べて休憩したあと、似鳥に、その後の流れを話した。

まずは、一次選考から三次選考はするりと突破《とっぱ》したが、四次選考で、年齢が原因で落ちたこと。

「なんと！　そんな理由で落ちたんだ！」

「落ちた。でも、編集部はちゃんと説明して、拾い上げデビューもさせてくれた。今は、それが一番よかったんだと納得しているし、気を遣《つか》ってくれた編集部には本当に感謝してる」

そして、担当さんとの、高校進学イコールデビューの約束のことを話した。

似鳥《にたどり》は、僕が落選からのデビューだったことは知っていたが（『ヴァイス・ヴァーサ』一巻のあとがきに書いてある）、そんな〝裏取引〟があったと知って、かなり驚いていた。

「じゃあ……、もし先生が高校に受かってなかったら、どうなっていたの？　デビューもできず進学もできずってこと？」

「恐ろしいことに、そうなっていた」

「そうなっていたら、どうなっていた？」

「どうなっていたかなあ……」

僕は少し妄想《もうそう》して、怖《こわ》くなったのでやめた。

それから僕は、休学のことを話した。

アニメ化が決まったので、その協力とシリーズ続編を書くため一年間の休学を決めたこと。

そして、どうしてそれを決めたかについて。

「なるほど……。そんな経緯《いきさつ》があったんだ……」

似鳥は、ひどく感心していた。

「ところで、このことを、知っているのは？」

「えっと……、母と担当さん含め編集部の人達と、忘年会で会った作家さん達と……、結構いるね。それほどトップシークレットでもない」

　こうして、復学までの流れを話し終えると、

「あの……、私は、先生は退学しないでよかったと思うよ？　もちろんやりたいことがあっんだから、一年の休学も無駄じゃなかったと思う。一番素晴《すば》らしい選択《せんたく》をしたと思うよ」

　似鳥が、とても感慨《かんがい》深げに言った。

　どうしてそこまで親身になって言ってくれるのかは不明だったけど、どんなことであれ、自分が悩んで決めた意見に賛成してくれるというのは、嬉《うれ》しかった。

　すっかり気が緩《ゆる》んで、

「ありがとう。まあ、普通の高校生に戻りたくて、初日からヘマをやったけどね……」

　僕が、他のクラスメイトには絶対に言えないぼやきを口にしたら、似鳥は笑顔で、

「だいじょうぶだよ！　まだ今年も始まったばかりじゃん！　ウチの学校はクラス替えがないから、あと二年、同じクラスでやっていけるよ！　修学旅行もあるし！」

　そんな、現状クラスルームひとりぼっちの僕にとって、地味にダメージがでかいことを言ってくれた。

　この人はサドか？　それとも、たくさんの友達に囲まれて爽《さわ》やかな高校生活を送るという、僕には全然見えない僕の未来が見えているのか？

　まあ、まだ始まったばかりなのは確かだから、

「うん。この先……、何があるか分からない。いろいろ、楽しんでみたい」

僕は、諦《あきら》め半分、夢見《ゆめみ》半分で答えた。


列車は、夜の町中をひたすら真っ直ぐ走っている。

通過駅には、家路《いえじ》を急ぐ勤め人達の群れ。

僕は、または僕達は、また大都会にやってきた。終着駅まで、もうそれほどかからない。先週もそうだったが、似鳥《にたどり》と話していると、二時間三十分があっという間だった。

「また今日も、先に降りるよ」

僕が言うと、

「ありがとう。お願い」

似鳥が答えて、そして、

「お願いついでに……、もう一つ、いい？」

訊《たず》ねてきた似鳥の表情に、今までの僕についての質問のそれとは、違うものを見た。

僕の経歴についての質問時が、真面目《まじめ》なインタビュアーの顔だとしたら――、今の似鳥は、お正月に親戚《しんせき》の家を訪れた子供の顔だ。

「それほど、たいしたことじゃないんだけど」

これは絶対に嘘《うそ》だ。嫌《いや》な予感がしながらも、僕は答える。

「とりあえず……、聞くだけなら……」

「ありがとう。あのね、本当に、たいしたことじゃないの。先生には全然迷惑《めいわく》かけないつもり。でも、一応は、しっかりとした許可をもらっておこうと思って」

楽しそうに言う前置きが、長い。

そして、何を言い出すのか、まったく想像がつかない。正直、怖《こわ》い。

いや、どんなに怖くても、

「あなたを殺したい！　死んでください！」

ということはないだろう。

何を言われても、死ぬほど怖いこともないだろう。

そう腹を決めた僕に、似鳥は言う。

「来週の木曜日、朗読《ろうどく》で私の順番になるの」

僕達が〝朗読〟と言えば——、

週に二回、月曜日と木曜日の、国語の授業の冒頭《ぼうとう》に設《もう》けられた時間のことを指す。

それは、だいぶお年を召した国語の先生が酔狂《すいきょう》で（としか思えない）設定したもので、〝本当になんでもいいから、自分の好きな小説を持ってきて、みんなの前でそれを読む〟ということをやらされる。時間は、最低三分。最大で十分。

統計を取ったことはないが、クラスメイトの九割から十割が嫌《いや》がっているだろう時間だ。

順番は、最初にくじ引きで決まっていた。来週木曜日が似鳥《にたどり》だとは、知らなかった。

誰かの朗読《ろうどく》のあと、順番を忘れた人がいないように、次とその次が誰か、先生は必ず言う。

今日のそのとき、僕の意識はレピュタシオンに飛ばされていたんだろう。

そういえば、僕の順番も、それほど先ではなかったはずだ。

やっぱり木曜日で、三か四週間後くらいだったので、あとで教科書のメモ書きを確認しておかないといけない。

僕は、本を読むのが好きだ。でも、人前で朗読するのは、苦手《にがて》だし嫌《きら》いだ。

だから、自分の順番が来たら、今までの他のクラスメイトと同じように、無難に有名作家を連れてきて、

「Kが死ぬの何度目！」

とか、

「また猫なんだな！」

とか、

「走りすぎでしょメロス！」

などと三分間思ってもらおう。

どの本を選ぶかは、前日にでも決めればいい。何をトチ狂っても、翌日世界が終わるとして

も、頭に拳銃《けんじゅう》を突き付けられても——、

『ヴァイス・ヴァーサ』を読もうだなんて思わない。

そんなこと、考えたこともない。

考えようとしたことも、なかった。

そんな恐ろしいこと、を——。

そ、んな……。


え？


いや……。

まさか……。

ひょっとして……。

似鳥……。


たぶん、誰が見ても分かるほど顔を引きつらせた僕に向けて、

「だから——」

一番近くにいた人が、笑顔と共にメガトン級の爆弾《ばくだん》をぶつけてきた。

「『ヴァイス・ヴァーサ』を読んでもいいよね？」

終着駅到着を告げるアナウンスが、頭の中でガンガン響いていた。

今、ハッキリ拒絶の意志を伝えておかないと——、
彼女は、似鳥絵里《にたどりえり》は、やる。

僕のすぐ後ろで、僕の小説を読む。

それも、よく通る美声で。誰よりも淀《よど》みなく。台詞《せりふ》に感情を込めて。

絶対にやる。

分かってる。

目だ。目で分かる。

今の似鳥は、そんな目をしている。一見心底楽しくて笑っているように見えるが、実際心の奥では、心底楽しくて笑っている目だ。

だから、ここはビシっと言っておかなければならない。

拒絶を、示しておかなければならない。

もちろん、アフレコでは自分の生み出した台詞をバンバン読まれているわけだが、それを聞いているわけだが、それとこれとは話がまったく別だ。

似鳥に送る答えは、〝ノー〟だ。

言わねばならない。

年上らしく。そして男らしく。

「似鳥……」

「なあに？　先生」

可愛《かわい》らしく首を傾《かし》げた眼鏡《めがね》美少女に向けて答えるため、僕は大きく息を吸って、

「なんでも言うことを聞きますので、どうかそれだけは勘弁《かんべん》してください」

吐《は》き出した言葉は、自然と敬語になった。

男子高校生で売れっ子ライトノベル作家をしているけれど、
年下のクラスメイトで声優の女の子に首を絞められている。
—Time to Play—

第四章
「五月一日・僕は彼女に教えた」

第四章「五月一日・僕は彼女に教えた」

男子高校生で売れっ子ライトノベル作家をしているけれど、年下のクラスメイトで声優の女の子に首を絞《し》められている。

それが、今の僕だ。

走馬灯《そうまとう》とは、もともと影絵が動く回り灯籠《とうろう》のこと。

今は、〝走馬灯のように〟の表現で——、そしてそれを略して走馬灯という言葉だけで、死ぬ間際《まぎわ》に過去のことを次々に思い出すことの例えになっている。

かつて本で読んだ。

人間が死に瀕《ひん》したとき、過去の記憶を一気に見ると。

それは、脳がフルスピードで探《さが》しているからだと。

過去の自分の経験から、今の危機を脱出できるヒントがないかを。

だから僕は今、過去をこんなにもハッキリと思い出しているのだ。

彼女に会った日から、今日までのことを。

＊　＊　＊

五月になった。

その初日。世間的にはゴールデンウィークだが、今日も明日も平日なのは間違いない。今日は学校があったし、明日はアフレコが行われる。

放課後に制服から着替えた僕は、いつも通りの特急列車に乗った。

今日は、先週までよりはずっと人が多い。やはりゴールデンウィークだ。登山姿の人が特に多い。

それを見越して今までより早めに並んだので、いつも通り最後尾の席を取って、隣《となり》には荷物を置かせてもらった。

発車までは、まだ少し時間がある。似鳥《にたどり》はいつも通り発車後に来るのだろうと思って、心配せずにのんびりしていた。

これは数日前に気づいたのだが――、

似鳥は、わざとギリギリにホームに来ているのではないだろうか。そして別の車両から、乗り込んでいる。

学校からは少し遠いが、この駅を通学に利用する生徒だっている。もし、ホームで並んで待っているところをクラスメイトの誰かに見られれば、

「あの二人、何してるの?」

という噂《うわさ》になりかねない。二人して同じく、毎週金曜日に必ず休んでいるのだし。追求されたら、僕にはごまかしきれる自信がない。

その配慮だとすると――、
似鳥《にたどり》には感謝しなければならない。


その似鳥だが、今日の国語の授業では、見事すぎる朗読《ろうどく》をやった。

選んだのは、僕の男らしい懇願《こんがん》が功を奏したのか、『ヴァイス・ヴァーサ』ではなかった。ではなんだったか? 多分知らない人は誰もいないだろう。『桃太郎《ももたろう》』だった。

子供向けの絵本を持ってきた似鳥は、

「むかし、むかし、あるところに――」

冒頭《ぼうとう》から朗読を始めた。

それは、まさに、『プロの犯行』だった。

丁寧《ていねい》で落ち着いた、地の文の朗読。発音の見本のようだった。一文字たりとて、聞き間違えようもない。

台詞《せりふ》の部分はさらに圧巻《あっかん》だった。何一つセーブしてない、全力全開の演技だった。似鳥《にたどり》は、お婆《ばあ》さん、お爺《じい》さん、桃太郎、犬、猿、雉《きじ》、そして鬼《おに》達、全ての声を変えた。

前を向いていたので分からないが、プロの声優さん達がよくやるように、全身を使って演技していたのだろう。クラスメイト達が呆気《あっけ》にとられている様子を、僕は見ていた。

「めでたし、めでたし」

似鳥絵里《えり》独演会は、六分三十四秒で終わった。

お金を払わずに聞けた僕達は、しばしぽかーんとして、それから拍手喝采《かっさい》を送った。

先生は、美辞麗句《びじれいく》を並び立てて大絶賛した。それから、

「はい、じゃあ次回は、鈴木《すずき》さんね。その次が久川《ひさかわ》君」

実にあっさりと言った。

似鳥のあとにやらされる鈴木さんは、どこまでもかわいそうだった。誰がその鈴木さんか、僕は顔も覚えていないのだけど。

授業の直後に、似鳥の周りには女子が集まった。男子もいた。

僕は、やや散歩に立つ時間を遅らせた。

クラスメイト達は、似鳥がどれほどすごかったかを口々に誉《ほ》めたあと、

「演劇でもやっていたの?」

誰かがそんなことを聞いて、似鳥はすらすらと答えた。

「実は、前に行っていた学校で、演劇部にいたんだ。そのときに、朗読《ろうどく》演技はみっちり仕込まれた。とても厳しい先生だったけど、今日のは上手《うま》くいった。誉めてくれるかな？」

へー、とか、ほー、とか声が聞こえた。そういえば、去年転校してきたと、自己紹介で言っていたことを思い出した。前にどこに住んでいたかは知らないが。

「じゃあ、演劇部入らないの？」

男子の誰かさんのそんな発言。

それは、誰だってそう思うだろう——。今の彼女の仕事を知らなければ。

「いろいろあって、今は、部活はしないことにしてる」

似鳥は、あんまり答えになっていない答えを返した。

僕が、そろそろ盗《ぬす》み聞きをやめて席を立とうとしたとき、

「金曜日にいつもいないのは？　そのいろいろと関係あるの？」

恐ろしく空気を読めない女子の誰かさんが、ずけずけと質問をした。口調からして、悪意はゼロなんだろうとは思うが。

「いや、それはない」

似鳥は至極《しごく》あっさりと答えたが、

「じゃあなんで？」

その誰かさんの追求は続いた。

「えっとね……」

ちょっと困ったような、似鳥《にたどり》の声。

毎週金曜日に必ずいないクラスメイトがもう一人ここにいるが、どうやら注目は浴びていないようだ。なんてハッキリした影の薄さだろう。それだけは助かっていた。

しかし、似鳥の邪魔《じゃま》にならないか、心配にもなった。とっとと席を立っておくべきだったと思ったが、時すでに遅しだ。

今更《いまさら》逃げ出すのは、逆によくないのかもしれない。さてどうしようと思っていると、似鳥が口を開いた。

「うち、父親が東京《とうきょう》に別居中なんだ。仕事が忙しくて、だよ？　離婚調停中とかじゃないよ？」

それは、初めて聞いた。

とはいえ、僕は似鳥のことなどほとんど知らないけど。

「でも、金曜日だけは東京にいる父と会えて一緒《いっしょ》に過ごせるから、学校休んででも、必ず会いに行ってるの。それでね」

これは当然嘘《うそ》なのだが、あまりに口調が自然であり淀《よど》みなかったので、なんだそうかと、僕は信じそうになった。

他のクラスメイトはというと、

「へー」

「そうなんだー」

「なるほど」

反応を聞く限りは完全に信じている。

プロ声優の演技って、やっぱりすごい。

僕は安心して、散歩に向かった。

散歩しながら、僕は思った。

似鳥は金曜日に家族で過ごすために上京している。これは嘘《うそ》だ。実際は、アフレコだ。ひょっとしたらそのあとに父親と会っている可能性もあるが、主目的ではないだろう。

では、その前に彼女が言った、別居中の両親云々《うんぬん》はどうだろう？

聞いたときは本当だと思ってすんなり信じたが、金曜日の件で嘘を言うための嘘の可能性だってある。

似鳥の演技力は、常人とは違う。僕には、似鳥の言動から真偽《しんぎ》を摑《つか》むことなどできない。

つまり、

〝現役声優でありミーク役の一つ年下のクラスメイト〟

ということ以外、僕は似鳥絵里《えり》を何も知らない、ということになる。

そこまで考えると、僕の悪い癖《くせ》が炸裂《さくれつ》した。

今はそれでお金を稼《かせ》いでいる、〝妄想《もうそう》する〟という癖《くせ》が。

果たして似鳥《にたどり》の正体は？

目白《めじろ》の親戚云々《しんせきうんぬん》や、作家について知りたくて、偶然同じ電車に乗ったから話を聞きたいとかは、全部、嘘《うそ》では？

本当は——、

本当は、似鳥はプロの殺し屋ではないか？

僕を狙《ねら》って、隙《すき》あれば殺そうとして、声優になって役を摑《つか》み正体を知り、同じクラスになるように裏で仕組んだのでは？

偶然ではなく、必然だったのでは？

特急列車で僕にいろいろと訊《たず》ねてくるのも、ターゲットをより知るための行動ではないか？

だとしたら、僕は、似鳥に背中を見せるのは危ない？

「わははは！」

突如《とつじょ》一人で笑い出した男子生徒に、近くにいた、たぶん一年生の女子二人が慌《あわ》てて逃げていった。容赦《ようしゃ》のない全力疾走《しっそう》だった。

驚かせてごめんなさい。

でも、自分の馬鹿すぎる妄想《もうそう》が楽しくて、笑ってしまった。

隙《すき》があれば僕を殺したい？

もらったポテトチップスをあれだけ食べて、お茶も飲んでいる。

殺す気なら、僕はとっくに死んでいたはずだ。二回か三回くらい。

背中を見せるのは危ない？

月曜日から木曜日まで、何時間も見せている。

僕が見たより長く、似鳥は僕の背中を見ている。


列車が動き出した。

行楽帰りの客で、車内はかなりの混雑だが、同時にかなり賑《にぎ》やかでもある。

そんななか、

「一週間ぶり、先生。今日は混んでるねー。席、ありがとう」

後ろの車両から、似鳥がやってきた。

片手にはいつもの鞄《かばん》のハンドルを握《にぎ》り、別の手には、いつもの僕用の餌《えさ》を持っていた。

「はい、今日のお礼分。どうぞ」

僕はコンビニ袋を受け取りながら、

「いつもすまないねえ」

じじむさく言うと、鞄《かばん》を座席の後ろに置いた似鳥《にたどり》は、相変わらず丁寧《ていねい》に髪をまとめながら座って、

「それは言わない約束でしょ？」

今日も素敵《すてき》な笑顔で返した。


この時間はお腹が空《す》くので、おやつは本当に助かる。

実は、毎週家を出る前に食パンを二枚食べているのだが、食べ盛りなので、目の前に食べ物があればありがたく頂戴《ちょうだい》する。

僕は、ポテトチップスを遠慮なく三分の一ほど食べて、少しお茶を飲んだ。

「さて、今日はどんなことを話せば？」

そして、右隣《みぎどなり》の席にそう訊《たず》ねた。我ながら、自分で会話を組み立てることを簡単に放棄《ほうき》しているなあと思った。

似鳥は、すぐさま答える。

「小説の書き方！　知りたかったんだー！」

「と、いうと？」

ちょっとおおざっぱすぎたので、僕は聞き返した。

「えっとね……、前に先生は〝書き方については別の日でも〟って言ったよね？　だから、具体的にどうやって本を書いているか、その方法。私みたいに書いたことがない人には、どうやってあんなに長い小説を書いているのか、まったく分からないから」

「なるほど……。じゃあ、今日はそんな状況で上京か」

僕が思ったことをそのまま、独《ひと》り言《ごと》のように口に出すと、

「はい？」

似鳥が首を傾《かし》げた。

「あ、ごめん。単なる言葉遊び。漢字で書いてあるのを見ると、分かるかも」

「…………。おお！　そういうの、すらっと出てくるのは、本当に凄《すご》いね。作家みたい」

「作家ですから」

今週もやっぱりあったか、このやりとりが。

似鳥は、眼鏡《めがね》の位置を右手の指先でスッと直して、

「では、プロ作家の小説の書き方について、一席お願いします」

「いいけど……」

正直、二年程度の経験で〝プロ作家〟はこそばゆい。お金を稼《かせ》いでいる以上プロフェッショナルだとは思うが、それは自分自身を律するために使うべきだ。

とはいえ、僕は似鳥を〝プロ声優って凄い！〟と思ったのだから、同じことかもしれない。

僕は、自分の小説の書き方を答えることにして、

「最初に、どうしても断《ことわ》っておきたいことが」

「なんでしょう？」

「作家が小説を書く方法は、それこそ作家の数か、それ以上ある。だから、今から言うのは、あくまで〝僕の今までの方法〟、ということで」

「了解」

小説を、どうやって書いていくか。
さっき言った通りそれは人によって違うが――、
僕は、『ヴァイス・ヴァーサ』を書いていく中で掴《つか》んだ方法を使っている。
それを、順番通りに説明していくのが、一番無難だと思った。
まずは、プロット出し。

プロット。

PLOTと綴《つづ》る英語の単語で、陰謀《いんぼう》とか企《たくら》みとかの意味の他に、筋《すじ》、構想などの意味がある。

僕（や他の作家さん達）が使う場合は、間違いなく後者だ。

プロットとは何か、インターネットで調べたことがあった。厳密《げんみつ》に言うと、結構ややこしい

定義があるらしい。

その定義はさておき、僕はプロットという言葉を、

〝だいたいこんな話〟

というくらいの意味で使っている。

中二のときは、

「そうかストーリーを思いつかなくちゃ！」

と開眼した僕だったが、今はストーリーという言葉はほとんど使っていない。

いつの頃からか、プロットという言葉に統一している。

「プロットは、僕は、小説の構想図や設計図みたいなものだと思ってる」

「ふむふむ」

「プロットの分量に正解はないと思う。『ヴァイス・ヴァーサ』のファイル名だった、『異世界飛ばされ不死身《ふじみ》もの』だって、一番簡潔なプロットと言えなくもない。要するに、〝主人公が異世界に行って、そこでは不死身になり、活躍する話〟ということが分かればいいんだし」

「なるほど。でも、いつもそんなに簡潔じゃないよね？」

「もちろん。もっと説明をしっかりすることもある。編集さんに説明する場合は特に」

小説執筆《しっぴつ》の第一歩はプロット出しだが、これには二種類あると思っている。

一つは、

〝次に何を書きたいのかを記録するために、自分向けのプロット出し〟

これはいわば覚え書きであり、僕だけが理解していればいいので、簡単でいい。要点だけを至極簡単に書くだけでもいい。『ヴァイス・ヴァーサ』のファイル名がまさにそれだった。

そこからやがて膨《ふく》らませていくのだが、思いついたことを、すぐに無理に膨らませる必要はない（もちろんバーっと思いつけば、書き残しておくけど）。

『海底人が地上を探索《たんさく》する冒険もの』

『未来からタイムスリップしてきた犯罪者の話』

『フィギュアが動き出して人を襲《おそ》う』

などなど、一文だけの簡単なプロットでも、思いついたそばから残しておけば、将来にむけた財産になる。僕のパソコンには、そんなプロットがたくさんある。

そして、二種類あるプロット出しのもう一つが、

〝担当編集さんに、作家が何を書きたいかを伝えるために書くプロット出し〟

こちらの場合、プロットは設計図でもあり、〝こういう話が書きたいのですが、いかがでしょうか？〟というビジネス相手への企画書でもある。

この書き方も、作家によって違う。他の作家さん達に聞いたことがあるから分かる。

ほとんど一文の、短いプロットを提出する人。

逆に、ほとんど小説状態の長いプロットを送る人。

何が起こってキャラクターがどんな動きをするか、それらをひたすら簡潔に、まるで報告書のような文体で描く人（僕もそうだ）。

逆に、プロット段階からキャラの心情を描き、文章を飾ってくる人。

「そうすると……、編集さんからプロットのOKをもらわないと、作家さんは書き出さないの？」

似鳥《にたどり》が聞いた。

僕は、自分の経験と知り合いのライトノベル作家さんや編集さんから聞いた話でしかないけれど、と前置きした。そして、

「おおむねイエス。でも、例外はある」

僕の場合――、
完全に書き終えていた応募原稿はさておき、その次、つまり『ヴァイス・ヴァーサ』の二巻以降の場合になるが、

「ほとんどプロット出しをして、そしてそれにOKをもらってから書いた。つまり、担当さん

に、〝次はこんな感じで考えています。キャラ達はこうこう動いて、新キャラにこんなのが出てきて、読者をここで驚かせて、オチはこんな感じです〟と、メールで送っていた」

その頃はもう部屋にネット回線を引いていて、担当さんとの連絡用としてメールを使い始めていたが、そのへんのことは今回の返答内容ではないと思って言わなかった。

「プロットの分量は、巻によって違ったけど……、いつもそれほど長くなかった。短ければ十数行だったし、長くても、文庫フォーマットで一見開き、つまり二ページ以内だった」

「それは、短い方なのかな？」

「本当に分からない。こればっかりは、人それぞれだと思う……」

「ちょっと気になったんだけど、〝ほとんどプロット出しをした〟ってことは、そうじゃない巻が一度でもあったってこと？」

僕は頷《うなず》いた。

「七巻がそうだ」

有り難くも既刊《きかん》を全て読破《どくは》してくれている似鳥《にたどり》が、すぐに思い出してくれる。

「〝動く国〟の話ね」

『ヴァイス・ヴァーサ』の七巻、つまりサイド・真《しん》の四エピソード目は、巨大な移動国家の話だ。

レピュタシオンで科学がもっとも進んだ国家が、話の舞台になる。全長が三キロ、幅《はば》が一キロある国が、無数のキャタピラに乗って動いている。

国に巨大なアームが、そして先端には回転式の削岩機《さくがんき》が付いていて、大地をガリガリと削《けず》っては鉱物資源を手にしていく。その国が通った跡には、山すら削り取られ、どこまでも真っ平らな荒れ地しか残らない。

その国はもともと、過疎《かそ》地域で採掘《さいくつ》をしていて、他国には決して迷惑《めいわく》などかけなかった。しかしクーデターで指導者が替わってしまい、その科学力を持って、レピュタシオン制覇《せいは》の野望を抱いた。

シンは、その国を止めるために動き出す。

頼まれた真はその中に突入して、何度も何度も死にながら、国の中枢《ちゅうすう》部に迫っていく。

「そう。この話だけは、プロットなしで書き始めたんだ」

「えっと……、それは、どうして？　そして、どうやって？」

僕は、去年のとある日のことを思い出しながら答える。

「食後にぼんやりテレビを見ていたら、ドイツの巨大掘削機《くつさくき》のことをやっていた。〝バケットホイールエクスカベーター〟っていう、全長が二百メートル以上ある、巨大機械。存在は知っていたけど、動くところをちゃんと見るのは初めてだった。似鳥は、見たことは、ある？」

似鳥《にたどり》が首を横に振《ふ》った。瞳《ひとみ》が動かずに、眼鏡《めがね》が動く様子がちょっと面白《おもしろ》い。

「巨大な首長竜《くびながりゅう》のような、キャタピラで自走するモンスターマシンなんだけど、工場を組み合わせたような複雑な形をしていて——」

僕はそこまで言って、これは写真を見せた方がいいなと思った。口で説明してイメージしてもらうのは大変な機械だ。

僕はポケットからスマートフォンを取り出すと、〝バケットホイール〟で画像検索《けんさく》をした。ずらりと出てきた結果を、

「これ」

スマートフォンごと似鳥に渡して見せた。

似鳥は受け取って、少しスクロールして見た。

「ふーん……」

メカにはあまりそそられないのか（まあ、女子だし）、そんな素《そ》っ気《け》ない感想だった。そして、スマートフォンを返してきた。

僕はそれをしまうと、

「この巨大な機械がガリガリと大地を削っていく様子をテレビで見て、思った。〝敵がコレ。真《しん》が乗り込む話〟。そしてすぐに書き始めた」

「すぐに、って？」

「もう、文字通りすぐに。その番組は続いていたけど、この機械のパートが終わったらテレビを切って、パソコンに、〝巨大国家話〟ってファイルを作って、いきなり本文を書き始めたんだ。プロットなんてなかった。暴れまくる巨大国家の描写から始まって、シンや部下達がそれを睨《にら》んでいて、そこに真がやって来て……、まあ、あとはもう思いつくままに、がーっと書いていった。最後の最後まで、プロットは立てずに、次はこうなる、じゃあ次はこうなる、って書きながら考えていったんだ。どれくらいの長さになるかも気にせず、とにかく書いていった」

「…………」

似鳥が、小さく顔をしかめて黙《だま》ってしまった。

乱暴な書き方を呆《あき》れられたのかな？　と僕が心配になっていると、

「長編小説一冊を、いきなり書いちゃうなんて……、いったい、どうやったら、そんなことが可能なの……？」

まったく逆で、感心されていた。

そんなことを聞かれても、

「えっと……、思いついたから」

そう答えるしかない。

途中でちょっと詰まったり悩んだりもしたが、それから二週間と三日間、延々と書いて書いて書きまくって、僕は書き終えた。

こうしてできた話（そのときは、それが七巻目になるとは想定していなかった）を、編集さんに、

『一つできたので送ります』

というメールに添付して送りつけた。

数日後、担当さんから、

『うん、面白《おもしろ》かった。細かな直しはあるけど、それは今度会ったときにでも。これ、サイド・真《しん》だから七巻にする？　それとも、九巻？』

という採用メールが返ってきた。


「信じられない……」

似鳥《にたどり》が、魔《ま》法遣《ほうつか》いでも見る目で僕を見ている。

誉《ほ》められていると思っていいのだと思うけれど、僕は自分がやったことなので、つまり自分ができたことなので——、あまりピンとこない。

演技がまったくできない（そもそもやったことすらない）僕は、似鳥のあの強烈《きょうれつ》な朗読《ろうどく》の方が、ずっと素晴《すば》らしいと思っている。

「えっと……、まあ、七巻は例外ね。普段はちゃんとプロットを立てて、話の流れを考えてから書くよ」

僕はそう言って、話を進めることにした。

まだ、小説を書くプロセスは一歩目しか説明していない。

今日も女性だった、そしていつもよりは遅く来た車掌《しゃしょう》さんの検札《けんさつ》が終わってから、僕はポテトチップスを食べ、お茶を少し飲んだ。

「さて、例外はさておいて……、一冊分のプロットができた。それを担当さんに送った。面白《おもしろ》いので書いてくださいと返事をもらった、とする」

「うん」

「次に書き始める。実際の執筆《しっぴつ》作業に移る」

プロット出しの次は、執筆作業になる。

とはいえ、これは読んで字のごとくで、ひたすら文章を書いていく。

プロットでは大まかなことしか決まっていないから、執筆しながら決めていく事柄は多い。

「いや、訂正――。執筆しながら決めていく事柄の方が、プロットで決まっていることよりずっと多い。例えばゲストキャラの名前とか、プロット段階では何も決めてない」

「そうなの？　小説って、登場人物をしっかり決めたあとに書かれるのだと思っていた」

「そういう作家さんもいると思うけど、僕はしない。もちろん重要キャラは別だけど……、全部のキャラ名を決めてから書くよりも、そのキャラの登場シーンになって、ポンと思いついた名前を採用してしまうことの方が多い。なぜかというと――」

「なぜ？」

「僕は、プロットが大まかに決まったら、もう書き始めてしまいたいんだ。きっちりかっちり全ての情報を決めてから書き出そうなんて思っていると……、いつまで経《た》っても書き出せない気がするんだ」


もし、プロットが旅行の計画だとする。

旅行の計画には、

「今回はだいたい一週間を使って京都《きょうと》を訪れてみよう。神社仏閣《ぶっかく》を巡《めぐ》ろう。このお寺とあの神社は訪れたい。あれを食べたい。あとは時間があれば。遅くても何日までに家に帰ればよし」

という計画もあれば、

「月曜日は新幹線で昼に京都駅到着。まずはナントカ寺を訪れ十五時まで滞在。夕方十六時になんとかホテルに到着。十七時にお風呂。十九時に食事。翌日は――」

という計画だってあるはずだ。

僕のプロットは前者。完璧《かんぺき》な計画を立てないと旅に出られないのなら、いつまで経っても旅には出られない。延々《えんえん》計画だけ立てるよりは、適当なところで打ち切って、

「行ってきまーす！」

そう言って、ドアを開けるべきだ。

「そもそも──、プロット通りに書けたことは、あんまりないんだ」

僕がさらりと言うと、

「ええっ？」

またも似鳥《にたどり》は、

「うわっ！」

僕が驚くくらい驚いた。二人とも、かなりの大声を出してしまった。賑《にぎ》やかな車内でよかった。

「そんなに驚くこと、かな？」

僕が、声を潜《ひそ》めて聞いた。似鳥もまた、ボリュームを落として、しかし耳に通りやすく聞こえやすい声で訊《たず》ねる。

「だって！　プロットって、計画書であり設計図でしょ？　設計図通りに完成品ができあがらなかった、ってこと？」

僕はこくん、と頷《うなず》いた。

「それって、いいの……？」

「今のところ問題ないよ」

僕はあっさりと言い返した。


絶対に、設計図通りに組み立てねばならない。

つまり、プロット通りに書かねばならない。

そんなことを気にしていたら――、
そんなことに縛《しば》られていたら――、
乱暴な言い方だけど、正直、作家なんてやっていられないと思う。

他の人はどうだか分からないけれど、そして、作家はたった二年しかやっていない経験の浅い僕だけど、

「できあがった作品が、自分が書きたかった作品だったんだ」

それくらいの気持ちで書いている。

設計図が、〝青くて、軽量で、サイズは小さめで、流線型のスポーツカー〟だったとする。

完成車が、〝黒くて、そこそこ重くて、中が広い、卵みたいなワゴン車〟だったとしても、僕は失敗作だとは思わない（もちろん極端《きょくたん》な例だけど）。

「あ、こんなのができた」

そう思って、読み返して面白《おもしろ》ければ満足して、担当さんに送る（面白いというのは最も重要

な要素なので、ここだけは譲《ゆず》れない）。

　書いていく途中に、プロットそのものが変わっていくことだってある。なんら珍しくない。

「どんなふうに？」

「例えば……、初期プロットの展開に納得できなくなった場合。または、新しい展開を、執筆《しっぴつ》中に思いついた場合。これらは、本当によくあること。数えた訳じゃないけど、一番多いと思う」

「なるほど。他には？」

「次に多いのが、長さの調整。一冊になるつもりで書いてみたら短すぎるから話を膨《ふく》らませるとか、逆に、長すぎてしまうから途中のシーンをいくつかカットするとか。僕の経験だと、後者の方が多い」

「それって……、悔《くや》しくはないの？　自分が最初に思い描いた通りに書けなかったことが」

「さっきも答えたけど、全然まったく悔しくなんかないよ。美しいプロットより、雑だけど書き上がった小説の方がいいし。もちろん、そこからできる限り直して、よりいいものにしたい、って思うけど」

「……なるほど」

「あと、キャラの変更もよくやる」

「どんなふうに？」

「話を盛り上げるために増やしたくなった、または逆に、描ききれないから減《へ》らしたくなったとか。女性キャラが少ないから、性別を変更してしまうとか。〝実は女性でした！〟って展開は、お話の王道だから、よくやる。前に、話の途中まで男子のつもりで描いていたキャラを、〝あれ、コイツ女子の方が面白《おもしろ》いかも〟って変えたことがある」

「…………」

似鳥《にたどり》が絶句しているのは、呆《あき》れているからなのか、それとも感心しているからなのか。僕には分からない。

でも、小説完成までの道のりなんて、僕の場合は本当にそんなものだった。

無理に予定のルート（プロット）通りに行こうとして、結果たどり着けないとか、時間が猛《もう》烈《れつ》にかかるとか、自分が疲《ひ》弊《へい》しきってしまうとかは、避けたい。

「そんなだから……、途中で変わる可能性あるプロットを、いつまでもきっちりかっちり全て作り込んでいられないんだ」

僕としては、ごくごく普通のことを言った気がするが、

「私は、今さっきまで、小説家は全員、ゴールをしっかり見据《みす》えてプロット通りに書いているのだと思ってた」

似鳥の驚き具合が、眼鏡《めがね》の下で大きくなった目と、またボリュームが上がった声で分かる。

「そういう人も、絶対にいる……、と思う。でも……、みんなじゃないと思う」

「はあ……。驚いた」

執筆《しっぴつ》作業は大変でもあり、楽しくもあり——、
やっぱり大変でもある。実作業としては、一番長いものになるからだ。
ただひたすらに、大量の文章を考え、そして書いていく。
もうワープロソフトしか使っていないので、実際には〝打ち込んでいく〟だけど——、
便宜《べんぎ》上〝書く〟という動詞を使っている。

「知ってると思うけど、小説は〝地《じ》の文〟と〝台詞《せりふ》〟がある。地の文っていうのは、叙述《じょじゅつ》や説明の文章のことで、だからつまり——、台詞以外」

我ながら、下手《へた》な説明だと思った。

似鳥が頷《うなず》いた。そして質問。

「じゃあ——、先生は、地の文と、台詞、どっちが書くのが大変？」

僕は答える。

「うん、それは、圧倒的に地の文」

中二のとき、僕は小説が書けなかった。そのことは伝えた。

そして、書けなかったのは、地《じ》の文だった。

小説家志望の人が一番苦しむのは、まずはストーリーをどうやって思いつくか（組み立てるか）、そして――、
この地の文をどうやって書くか、だと思う。

「結局は、前に話した通り、足掻《あが》いて足掻いてどうにか書けるようになったけど……、本当に辛《つら》かったなあ」

僕は、前の座席の背もたれを見ながら、しみじみと言った。

泳げるようになってから金槌《かなづち》だった頃を思い出すのは、ちょっと楽しい。あのときの苦労は、決して無駄じゃなかった。

とはいえ、今はそんな感慨《かんがい》に浸《ひた》っている場合でもなかった。なんで地の文を書くのが大変なのか、似鳥《にたどり》に説明しないと。

「えっと、まず……、地の文は、読者に何が起きているか説明するためにあるものだから、読者に伝わらなくちゃいけない」

「ふむふむ」

「それには、分かりやすい文章が一番いいに決まってる。つまり、決して難しい文章である必要はない。主語と述語がはっきりしていて、誰が読んでも勘違《かんちが》いしない文章が一番いい、はずなんだ」

じゃあ、世の中に溢《あふ》れる小説の地の文が、全部が全部とてもシンプルかというと、もちろんそうではない。

実際には、洒落《しゃれ》た言い回しや、優れた比喩《ひゆ》、適確な用語などが盛り込まれている。つまり、いろいろな〝装飾〟がなされていて、より華やかに、より美しくなっている。

「僕は、こう思ってるんだ。文章の装飾って、絵描きさんの筆遣《ふでづか》いのように、その人の特徴が一番現れる部分だって。例えば、細かく書き込む絵描きさんがいるみたいに、文章描写が細かい人がいる。他にも、比喩をこれでもかと使う人もいれば、とてもシンプルなんだけど、磨《みが》きに磨かれて美しい文章を書く人もいる」

だから——、

小説を書こうとする人は思う。

「自分も、あんな文章を書かなくちゃいけないんだ」

そして書けなくなる。

例えば、オリンピックをテレビで見て、選手の姿に感動したとする。

そのスポーツをやってみようと思って、始めてみる。

じゃあ、すぐに五輪選手のようにできるかといえば、そんなわけがない。これは、誰でも分かることだ。

「どうして私は百メートルを十秒で走れないんだろう?」

「どうして私は矢を放ったら百発百中じゃないんだろう?」

「どうして私は段違い平行棒《へいこうぼう》を華麗《かれい》に飛び移れないだろう?」

そう悩む人達がいるとは、あんまり思えない。


でも、小説の場合は、書き始めたばかりなのに、

「どうして私は○×先生のような文書が書けないんだろう?」

そう悩んでしまう人が、とてもたくさんいる気がする。

「というか……、始めた頃の僕がまさにそうだった。どうして僕は、今までたくさん読んできたのに、同じように文章が書けないんだろうって、本気で延々《えんえん》と考えていたっけ……」

そう言いながら僕がかなり遠い目をしてしまったのか、

「…………」

似鳥《にたどり》は少し黙《だま》ってしまった。そして、

「まあ、それは、当然、無理よね……」

やんわりと同意してくれた。

「うん。無理。世の中にはとんでもない天才がいるらしいから、そして例外はどこにでもあるから、絶対に無理とは言わないけど――、まずほとんど無理」

執筆《しっぴつ》が、例に出したスポーツと大きく違うのは――、〝日本語で文章を書く〟という行為そのものは、基本的には誰にでもできることにある。

なまじ書けるものだから、自分にも小説家のような文章が書けるだろうと思ってしまう。

そして、書けないから、悩み悶《もだ》える。

やがて、諦《あきら》めてしまう。

「じゃあ、どうすればいいかというと……、というか、僕が、どうしたかというと――」

「うん。どうしたの？」

「書ける文章から、始めた。これは、中二時代を振《ふ》り返っているときには説明を省《はぶ》いた部分なんだけど――」

僕は、気づいた。

今まで読んだことはあっても、書いたことなんかなかったと。だから、日本語は書けるけど、〝日本語の小説〟を最初から上手《じょうず》に書くなんて、どだい無理な話なんだと。

「だから、パンがなければケーキをじゃないけど――、難しい文章が書けないのなら、簡単な文章を書けばいいと思ったんだ」

「なるほど。できるところから一歩ずつだね」

「うん。僕は、簡単な文章でいいから、分かりやすさを最重視して、とにかく書くことにしたんだ」

いきなり、×○先生みたいな文章を書くのは、無理だ。だから〝誰が読んでも理解できる、簡単でシンプルな文章〟から書く。

そして、ひとまず話を完成させる。それから、書いた文章を何度でも読み直す。シンプルな文章に、もう少し描写《びょうしゃ》を足すとか、言い回しを変えるとか、そういった装飾を増やしていく。もちろん、必要ないと思えばそのままでもいい。

やがてそのうちに、最初からよりよい文章が書けるようになっていく。

「そして、書いているうちに、書けるようになった……、ってことだよね？」

「ひとまず、小説として認められる程度には、なんとか」

「またまたご謙遜《けんそん》を。——じゃあ、地《じ》の文を書くのは、今でも大変？」

「うん。今でも、書くときは悩む。書けたけど、これでいいのか？　もっと分かりやすい文章はないか？　分かりやすいことは大前提として、もっと読者を楽しませる装飾は可能じゃないか？　って。小説は、あとから文章を直すことは全然難しくないしね」

「なるほど」

「でも、もちろん〆切《しめきり》があるから、どこかで〝これでいい！〟って思わなくちゃいけない。今の僕の場合は、三回読み直して、文章に違和感がなければ、それを提出することにしてる」

ひとまずの説明を終えてお茶を飲んでいる僕に、似鳥《にたどり》が訊《たず》ねる。

「じゃあ、台詞《せりふ》の方は？　地の文よりは楽とはいえ、簡単に思いつくものなの？」

僕は正直に答える。

「地の文よりは圧倒的に楽。いつも、けっこうスラスラと思いつく」

子供の頃から妄想《もうそう》をしてきた僕だけど――、

その妄想でかなりの部分を占めていたのは、会話だった。

キャラ達が（昔は自分もその中にいたが）、格好《かっこう》の良い、燃える、または洒落《しゃれ》た会話を楽しむ様を、何度も想像してきた。

僕自身は内気で臆病《おくびょう》で、他人と向き合うと緊張してしまい、何を言っていいのか分からなくなるのに、妄想の中では会話がポンポンと弾《はず》んだ。

実際の会話では相手がいて、相手が何を言ってくるのかは（予想は付いても）分からないものだ。

相手の言葉を聞いて、それに対して自分の言葉を考えて、喋《しゃべ》って、また聞いて——、を繰り返すという行為は、決して楽ではない（そこに、相手を傷つけたくないとか、失礼なことを言いたくないとか悩み始めたらなおさらだ）。

例えるのなら、二人でやる、将棋《しょうぎ》の真剣勝負。

妄想《もうそう》内の会話は、全部一人で行うのだから、相手がどう言うかも分かっている。

例えるのなら、一人で指す将棋。自分で勝負を盛り上げて、自分で勝ち負けを決められる。

全部自分の脳内で動くのだから、真剣勝負より楽に決まっている。

僕がリアルの会話が苦手《にがて》なのは、ひょっとしたら自分一人で指す将棋に慣れすぎてしまっているからかもしれない。〝会話とは自分の思う通りに進むもの〟という誤認《ごにん》のせいで、相手が自分の予想に反する言葉を送ってきたときに、もう何を言っていいのか分からなくなる。

「でも、私には、先生は普通に会話しているように見えるよ？　コミュニケーション、ちゃんと取れてるよ？」

「それは、質問に答えるのがメインだから……。自分について聞かれたことに答えるのが、一番簡単な会話な気がする……」

「じゃあ、あれだね！」

「どれ？」

「さっき地《じ》の文の説明で言ったこと。簡単な会話から始めれば、やがては上手《じょうず》になるってやっ！」

「ああ、あれ」

「そう、あれ」

代名詞だらけの会話だが、ポンポンと続けられたのは嬉《うれ》しい。似鳥《にたどり》の言う通り、最初から会話が上手な人など、多分どこにもいないのだろう。

少しずつ、簡単なところから始めて、やがては——。

「えっと、小説の中のキャラの会話って……、実際の会話とは全然違うんだ。小説だけじゃなくて、アニメや演劇の脚本もそうだと思うけれど」

僕が、必死になって頭を回して、そう言い出すと、

「うん！　それ分かる！」

似鳥は、まず同意してくれた。

僕は嬉しかった。人は、誰かに同意されて嬉しくない訳がない。相手を否定しないというのは、人を喜ばせる会話の基本的な技術でもあると、かつてどこかで読んだ。

「実際の会話より、ずっと整っていて、分かりやすくなってるよね」

さすが、脚本と睨《にら》めっこをしているだけはある。似鳥は正解を答えた。

実際の会話と小説の会話は、違う。

実際の会話を録音して、そのまま起こして（文章にして）みると本当によく分かるが、リアルな会話には、とにかく無駄や間違いが多い。一言一句《いちごんいっく》そのまま文章にしては、読みにくいことこの上ない。

インターネットで調べていて知ったのだが、録音された会話を文章に起こす際は、〝素起《すお》こし〟、〝ケバ取り〟、〝整文〟という三種類がある。

素起こしとは、「えーっと」とか、「あっ」とか、とにかく発せられた声の全てを、そのまま文字にすること。正確に記録する際に使われる。

ケバ取りとは、それら意味のない音を取り除いておくこと。また、明らかにおかしい箇所は最小限の修正をすること。

そして整文とは、読んで字のごとく、分かりやすい文章に書き直してしまうこと。

「作家の好みや、作風にもよるとは思うけど……、小説の台詞《せりふ》は基本的に〝整文〟になってる。言い淀《よど》みの演出として〝えっと〟を足したり、文章だと三点リーダーを入れたりするけど」

「〝サンテンリーダー〟って？」

「点々が繋《つな》がっている、無音を示すアレの名称」

「へえ！　知らなかった」

「三つ点があるから三点リーダーって呼ばれていて、正確にはそれを二つ、または四つ連続で、つまり常に複数で使うルールになってる。けど、ライトノベルに限らず、割と作者の自由に使われている」

「先生は？」

「僕の場合、一応そのルールに則《のっと》って、単語の続きの場合は二つ、つまり点は六つ。まったく無音状態をカッコの中に入れる場合は、その倍。つまり点は十二個で使ってる」

三点リーダーのことが出たので、ついでに文章の書き方、ルールについて、いろいろと話したくなった。

しかし、それでは話題がまた大きく変わってしまうので、僕は自重《じちよう》した。

「他に、台詞《せりふ》に関して、何かある？　――台詞については、できる限り、勉強しておかないと」

似鳥《にたどり》が言った。さすがは声優さんだ。

「じゃあ、小説内の台詞について、もう一つだけ。キャラクター達の会話って、リアル会話よりずっと洗練されてる以外にも、とても大きな違いがあると思ってる。それは――」

「それは？」

「キャラクター達の会話なんだけど、実は彼等《ら》は、お互いに向かって喋《しゃべ》っていない」

「ん？　じゃあ、誰に？」

似鳥《にたどり》が首を傾《かし》げたので、僕は答える。

「読者に」

「ああ……、なるほど、そうか……」

「例えば僕は、いまこうして、列車の中で似鳥に、似鳥だけに喋《しゃべ》っているんだけど……」

「うんうん」

似鳥が相槌《あいづち》を打ったのだが、楽しそうで嬉《うれ》しそうなのは気のせいだろうか？　そうだとして、理由が分からない。気にしても仕方がないので僕は続ける。

「もし、僕が小説内のキャラだったら……、話している相手は似鳥じゃない」

「…………。まあ、確かにそうね」

今度は不機嫌《ふきげん》そうに見える。謎《なぞ》だ。

「僕が話している相手は――、読者だ。読者に向けて、僕というキャラクターが演技をして、作者の伝えたいことを喋っている。そんなイメージになる。――って、ちょっと偉《えら》そうだった、ごめん」

「いえいえ。――じゃあ、当然私も、読者に向けて喋っているのよね？」

僕は、しっかりと頷《うなず》いた。

すると似鳥は、右斜《みぎなな》め上の、列車の天井《てんじょう》へスッと視線を向けて、

「親愛なる読者の皆様、こんにちは。この本が面白《おもしろ》かったら、クラスメイトに勧《すす》めてね！」
普段とはがらりと変わった、とても可愛《かわい》らしい、いわゆる〝アニメ声〟で言った。
僕には見えなかったから——、
そのときの似鳥が、どんな表情をしていたのかは分からないけど。

五月一日の車内は、やはりいつもよりずっと混んでいる。

途中駅で降りた人も結構多かったが、乗り込んできた人もやはり多かった。自由席の車内は、さらに賑《にぎ》やかになった。

僕達の座る前の列にはまだ誰も座っていないが、右側の席の窓側に、とうとう若い女性が一人座った。

これでは、今までのように会話はできないな。

そう僕が思っていると、その女性はすぐにイヤホンを耳にはめて音楽を聴《き》き始め、さらには目を閉じてしまった。

「どうやら……、私の睡眠魔法《まほう》が効《き》いたみたい」

似鳥が真顔《まがお》で言ったので、

「さすが」

僕も真顔で返した。

睡眠魔法《まほう》は、『ヴァイス・ヴァーサ』の中では一番簡単な魔法だ。相手の眠気を強烈《きょうれつ》に引き出して、自然に寝入らせてしまう。

現実世界に来たシンが、自分の都合《つごう》が悪くなると、よく使う。


小説の書き方について聞かれたが、まだ、プロット出しについてと、執筆《しっぴつ》について少しか話してない。

「じゃあ、書き終わるまでのプロセスの次は、どんなこと？」

「えっと……」

僕は考えて、一つの意見が浮かんだ。

「ちょっと余談《よだん》になるんだけど、いい？」

「どうぞどうぞ」

「じゃあ——。執筆を開始した僕は、大まかなプロットに準じて、またはそのときの思いつきに沿って、ガシガシと書いていくわけだけど」

「うんうん」

「執筆するってことは——、可能性を絞《しぼ》って、やがてはなくしていく作業だと思うんだ」

「うん？ どういうこと？」

「えっと……、僕の小説は、僕の頭の中から生まれる。アイデアとして産まれて、やがてプロットになる。この段階では、まだどんな話にだってなれる可能性がある。さっき言った通り、僕はプロットに縛《しば》られないで書くから」

「ふむふむ」

「でも、書き進めていくと、書いてしまった部分は確定する。もちろん、書き直すことや、シーンをボツにすることはあるけど……、書いた部分を僕が納得したら、それは確定するってことになる」

「ああ、なんとなく、先生の言いたいことが分かってきた」

「小説が書き上がったとき、そこに書かれたことで、確定する。他の話にはもうならない。いくつもの可能性を、僕は捨てたことになる。選んだ何かより、捨てた何かの方がずっとずっと多い。それは寂《さび》しいけど、仕方のないことだ。捨てることができないと、選ぶことはできないんだから」

「まるで人生みたいね」

似鳥《にたどり》が、ひどく真剣な表情で言った。

僕はそんな壮大なイメージは持っていなくて、単に〝捨てるのタイヘン〟くらいの意味で言いたかったのだが、素直《すなお》にここは乗っかっておくことにした。

「人生みたいだね」

「えっと、プロット出し、執筆《しっぴつ》開始、あとは……」

僕が、次に何を言うべきか考えつつ呟《つぶや》くと、

「聞いていい？　作品のタイトルは、いつどうやって決まるの？　誰が決めるの？」

お茶を一口飲んだ似鳥《にたどり》から、そんな助け船が来た。

「ああ、ありがとう。じゃあ、それについて」

「どういたしまして。よろしく！」

タイトルはとても大切だ、と思う。

なにせ、読者がまず真っ先に目にするのが、タイトルと作者名だ（ライトノベルにおいては、表紙も同じくらい重要だけど、それはさておく）。僕がライトノベルを選ぶとき、タイトルからもらう印象は、とても重視している。

タイトルは、インパクト勝負でもあり、分かりやすさ勝負でもある。

「インパクトの方はさておき、まず分かりやすさを考えると——、タイトルに『ナントカカン

トカ殺人事件』ってあったら、どんな小説か分かりやすい」

「うん。推理小説だよね」

「そう。これは典型的な例だけど、そのジャンルの小説には、それに相応《ふさわ》しいタイトルがあるんだと思う。そうやって決めるのは、何より有効な方法だと思う。もし僕が推理小説を書いたら、よほど譲《ゆず》れない事情がないかぎりは、そうする」

「じゃあ、今先生が書いている、ライトノベルでは？」

「うん、ラノベ業界では、タイトルは——」


カオス、としか言いようがない。

百花繚乱《ひやっかりょうらん》、ありとあらゆるものがある。

シンプルに、主人公の名前がタイトルなもの。

主人公の名前と、何か別の言葉が組み合わさったもの。『○○の××』が多い。

その世界観を、短い言葉で見事に表したもの。

一時期は、アニメや漫画《まんが》も含めて、ひらがなで四文字だけ、またはその後ろに「！」を付けたタイトルが賑《にぎ》やかだった。

そして、今もかなりの数がある——、
すっかり文章になってしまっている長文タイトル。

「あー、うん、あれは、驚いた。タイトルがすっごく長いの。アニメ化されるとオーディション情報が回ってくるから、〝うわまた長いのが来た！〟ってみんな驚くよ」

「インパクト勝負という意味では強かったから、栄えたんだと思う。それに、妹とか魔王《まおう》とか委員長とかメイドとか、その話で〝売り〟の要素を盛り込んで説明できるのも便利だったんじゃないかなと」

「おお……、作家ならではの冷静な分析《ぶんせき》だ」

「長い文章タイトルそのものも、ラノベの専売特許《せんばいとっきょ》というわけではなくて、SFではそれほど珍しいものではなかったんだ。映画、『ブレードランナー』の原作タイトルは知ってる？」

「いえ」

「『アンドロイドは電気羊の夢を見るか？』っていう。邦題《ほうだい》でアレンジされたわけではなくて、原題の英語でもそうなってる。映画でも、いくつか呆《あき》れるほど長いのがあるし、タイトルが長い文章になっているのは、別にラノベに限った話じゃないとは思ってる」

「ふむふむ。じゃあ……、先生だったらつける？」

僕は三秒ほど考えて、つけないという結論に達した。長い文章タイトルは、今やあまりにも多すぎて、インパクトは薄れ、食傷気味《しょくしょうぎみ》なところがある。

「いや。やめとく」

クスッと笑った似鳥《にたどり》が、

「そう言うと思った。私、『ヴァイス・ヴァーサ』はとってもいいタイトルだと思うよ。シンプルで短くて、でも世界を言い表していて——。最初に表紙を見たとき、〝おっ!〟と思ったもん」

ありがとう、と言いかけて、僕は、

「似鳥……、ひょっとして、英語が、喋《しゃべ》れる?」

そんな質問をしていた。

今まで聞かれたことに答えてきた僕が、自分から、しかもこんなプライベートなことを訊《たず》ねるとは珍しい。我ながら、驚いた。

「え?」

やっぱり驚いて一瞬《いっしゅん》目を丸くした似鳥が、

「どうして……、そう思うの?」

逆に訊ねてきた。

質問したことに驚いたというより、言い当てたことに驚いたように見えた。だから僕は、さっき思ったことを素直《すなお》に答える。

「うん——。この英単語を調べたとき、ほとんど日本人には知られていないって読んだんだ。教科書にも載《の》ってないって。でも、英会話の中ではごく普通に使われている言葉だよって。だから、タイトル見てすぐさま意味が分かったのなら……、似鳥《にたどり》は英会話が得意な人なのかな？　って思った」

似鳥は、眼鏡《めがね》の奥の目を瞬《まばた》いていた。

「………。すごい。名探偵《めいたんてい》」

やはり、英語ペラペラな人なのか。また一つ、似鳥のことを知った。

「英語は喋《しゃべ》れるんだけど、特に自慢することでもないから、誰にも言ってないよ」

「分かった。学校では秘密にしておく。まあ、誰とも喋らないけど……」

「そのうち知り合いや友達も増えるって！　ねえ……、ひょっとして、先生も英会話ができるの？　ちょっとこれから英語で喋る？」

「〝まいわーるど・なんばーふぁーすと〟を忘れたの？」

どうにか吹き出すのを堪《こら》えた似鳥に、僕は『ヴァイス・ヴァーサ』のタイトルをつけたときの話をした。

世界観を思いついて、プロットとして残した直後に――、

「あ、〝逆もまた真なりって〟いいな」

そう思って、この言葉を使おうと決めた。

前に話した通り、知ったのはとある映画のタイトルがそうだったから。以後、ずっと覚えて

いた。

僕は、さっき言った通り、日本人のほとんどが、この言葉は知らないことを見越してつけた。

つまり、

〝意味は分からないけど、なんか格好《かっこう》いい謎《なぞ》のカタカナ〟

として魅力《みりょく》を売りにしてみた。

ヴァイスを普通に vice だけで見ると、英語で〝悪徳〟という意味になるし、綴《つづ》りは違うけどドイツ語だと〝白〟になる。

ヴァイス・ヴァーサの意味は、一巻の本文が始まってすぐに、真《しん》に英語教師が教える形で説明している。

こうして意味を知ってもらってから、〝なるほど作中の世界観を表しているのね〟、と読者が思ってくれればいいなと。

「おお……。やっぱり、いろいろ考えてつけるんだね」

似鳥は、まずはそう言って感心してくれた。それから、

「そして、私の秘密を一つ、見事に暴《あば》く目的もあったと……。それも狙《ねら》いだったと」

僕は言い返す。

「もちろん。三年後の五月一日の、この列車内を見越してつけた」

「さすがだわ、先生。さすがだわ……」

なんでだろう？

僕は漫才が得意な人間ではないと思っていたんだけど、似鳥《にたどり》とだと上手《うま》くいく。

僕は、タイトルについての話を続ける。さっき聞かれた、タイトルは誰が付けるのという問の答えだ。

「まず、応募原稿のタイトルは、当たり前だけど作者がつける」

「ふむふむ」

「でも、受賞後に変更されることは、けっこうあるらしい」

僕はやったことがないので聞いた話だが、変更する場合は、

〝担当編集さんがつける〟

〝作家が新しくつける〟

〝二人で一緒《いっしょ》に考える〟

のどれかだ（例外として、アイデアを開示して一般公募するというのも考えられるけど）。

では、現役作家の場合はどうなるか？

やっぱり、それらの三つのどれか、らしい。

タイトルをいつ決めるかも、ケースバイケースだと聞いている。

僕の場合は、そして今のところ唯一《ゆいいつ》の作品（シリーズ）である『ヴァイス・ヴァーサ』は、さっき言った通りプロット初期段階で決まった。

担当さんや他の作家さんに聞いた話だと――、
格好《かっこう》いいタイトルを思いついて、そこからプロットを膨《ふく》らましていくこともある。

プロットの途中に思いつくこともある（僕もそうだった）。

タイトルが全然思いつかなくて、開発コードのような仮タイトルをつけておいて、書き終えてから決めることもある。

仮タイトルが、しょうがないのでそのまま本タイトルになることもあったらしい。

そこまで聞いた似鳥が、

「ねえ、先生……」

真顔《まがお》なのか笑っているのか判断がつきにくい顔を見せた。

「な、何……？」

腰《こし》が引けた返答をした僕に、似鳥はこんな質問。

「もし、先生が今の状態をお話にしてタイトルつけるとしたら、どうする？」

「はいいっ!?」

かなり素《す》っ頓狂《とんきょう》な問いに、僕は珍妙《ちんみょう》な声を上げた。

「だから、自分が物語の主役だとしたら、どんなタイトルに？」

「………。僕は――」

「〝僕は〟？」

「僕をとっくにクビにしてるんだけど」

「それはもちろん聞いたけど！　今考え直すと、どう？　実際、この年齢でライトノベル作家になってアニメ化なんて――、まるでライトノベルの主人公みたいじゃない？」

「……考えたこともなかった」

「どう？　考えてみたら、タイトルはどんなのをつける？」

「………」

僕は考えた。

考えて考えて、似鳥《にたどり》を一分ほど待たせて、そしてポツリと呟《つぶや》く。

「『人間失格』？」

待たされた上に返事がこれだった似鳥が、

「パクリじゃないのー！」

すこし怒った。

「じゃあ、『主役失格』？」

「あんまり変わってない！」

列車は、都内へと進む。

外は既《すで》に暗く、車内はずっと賑《にぎ》やかだった。

プロット出し、執筆《しっぴつ》、タイトルと説明していったので、次はなんだろう？

もう書き終えたところから話をしていいかなと思った僕に、

「何か、執筆中に気をつけていることとか、気をつけるべきことはある？」

似鳥が訊《たず》ねた。

「〆切《しめきり》以外に？」

「〆切以外に」

「うん……、いくつかある」

ちょっと細かなことになるけれど、聞かれて思いついたので答えることにした。

執筆中、僕は四十二文字の三十四行の〝電撃フォーマット〟で、横書きで書いている。

時々、ワードの〝印刷プレビュー〟を選んで、縦《たて》書きの状態を出して、文庫になったときのレイアウトを見ている。

じゃあ最初から縦書きにすればと思うかもしれないけど、だいぶ前に言った通り、横書きですっかり慣れてしまったので、これは変更するつもりはない。

このレイアウトチェックのときに、文字がぎっちり詰まっている感じがしたら――、
僕は改行を増やしている。

「へえ、それはどうして？」

「読みやすさ、を優先して」


ライトノベルが、人生で初めて読む小説という人は少なくない。

これは、僕は頂いた感想で知った。ファンレターなり、ネットの書評なりでだ。子供の頃から本と一緒《いっしょ》に生きてきた僕にとって、中学や高校で初めて本を読んだという話は、驚きでしかなかった。

でも、どこにだってスタートはあるわけで――、
それを言ったら僕なんて、〝始めてすらいない〟ことがたくさんある。

ライトノベルが、〝小説の面白《おもしろ》さを伝える入り口〟として、読書のスタートポイントの役目を担《にな》っていると知った僕は、思った。

読書未経験者にとって、できるだけ読みやすい本にしようと。

本を読み慣れていない人にとって、読みやすい本とはなんだろう？

僕は思った。

一つは文章だろうと。難しい文章は続かない方がいいと。これは、前に話した通り、計らずとも実行できていた。

もう一つは、ページの印象じゃないかと。

ぎっちり文字が詰まっているよりは——、

適度に空いていた方がいいと。

書いているとき、〝筆が乗ってくる〟ことがある。

次から次へと文章を思いついて書けてしまう、幸せな時間だ。

そういうときは、レイアウトなんて考える余裕がないから、得てして文字が詰まっている。

だから、落ち着いて読み直して、改行を増やす。

もともと僕は、文章量をきっちりかっちり決めて書いてはいない。一章はだいたい何ページくらい、と思っているだけだ(『ヴァイス・ヴァーサ』の場合は、一章を三十から五十ページ前後、としている)。

だから、改行を増やしてページ数を増やすのは、なんら問題はない。

雑誌や新聞の連載《れんさい》小説のように、分量の上限と下限がしっかりと決まっている場合は、こんな悠長《ゆうちょう》なことはやっていられないと思うけど。

「なるほど。読みやすさを優先して文字を詰めない、と。──他に気をつけていることは？」

僕は何秒か考えて、答える。

「キャラ名かな。毎回結構悩む」

「ほう。どんなふうに？」

「一番気をつけているのは、実在の有名人名や、他の作品のキャラ名にかぶらないこと」

「あれだけたくさん思いつくのは、大変だよね。どうやって命名してるの？」

「人によってはルールを作っているらしい。例えば……、苗字《みょうじ》が全て都道府県名の漫画《まんが》を知ってる」

「じゃあ、『ヴァイス・ヴァーサ』の場合は？　どうやってつけていったの？」

「真とシンはともかく、ルールはほとんどなかった。特にレピュタシオンのキャラは、音の格《かっ》好《こう》良さだけでつけた。プルートゥなんて特にそう。サイド・真《しん》の日本語のキャラ達も、まあ、割と適当に……。かぶっていなければＯＫで」

「それは……、どうやって調べるの？」

「今はとても簡単だよ。思いついた名前を、インターネットで検索《けんさく》すればいい」

「なるほど！」

「同姓同名《どうせい》が別の作品のキャラとして、または実在の有名人とヒットしなければ、そのまま採用してしまう」

「じゃあ……、ミークは？」

似鳥《にたどり》の、眼鏡《めがね》の奥の、まるでアフレコ中のように真剣な瞳《ひとみ》を見ながら――、今さらだけど、僕の胸にぐっと、そして静かにこみ上げてくるものがあった。

ああ、そうか。

今、僕の目の前にいるこの人が、ミークを演じるんだ。

「ミークを始めとしたホムンクルス達だけは、例外。ルールがある」

僕が答えると、似鳥がずいっと体と顔を寄せた。

「どんな？」

近い近い。眼鏡が近い。

僕が少し身を引いたので、似鳥もまた、姿勢を戻した。

「どんな？」

二回目の問い。よほど知りたいのだろう。

無理もない。自分が、これから演じるキャラクターだから。しかも、初めて名前のあるレギュラーキャラだから。

明日の五話アフレコで、ミークは初めてしっかりと登場する。

数分の登場があり、真《しん》との会話もある。

僕は、ミークの命名についてかつて誰かに伝えたか、考えた。

担当さんに教えたかどうか、覚えていない。

アニメの脚本打ち合わせのときに言ったかどうかも、思い出せない。

もし、まだ誰にも話していないとしたら——、
似鳥《にたどり》が初めて知る人になる。

教えても構わないか？　僕は考えた。

すぐに答えが出た。

仕事の相手でもあるのだし、秘密は守ってくれる人だ。伝えても問題はないと。

賑《にぎ》やかな車内だが、僕は念のために少し声量を落として、似鳥に答える。

「ホムンクルス達の名前は——、全部、ロシア語からもらってるんだ」

「へえ……。ロシア語……」

「その前に、〝ネーミング辞典〟って知ってる？」

「いいえ」

小さく首を横に振《ふ》った似鳥に、僕は説明をする。

ネーミング辞典とは、読んで字のごとく、名付けのための辞典だ。

世界の十カ国語以上の言語で、いろいろな言葉を載《の》せている。商品名、会社名、店名などをつけるときに便利、というふれこみで売っている。

大抵《たいてい》は英語が欄《らん》のトップに置かれて、続いてフランス語、ドイツ語、イタリア語、スペイン語などが続く。何カ国語分が載っているかは、本によって違う。

僕は、それを一冊持っている。『ヴァイス・ヴァーサ』でキャラクター名をつけるときは、その本から響きのいいカタカナを探《さが》しだして、使っている。

とても便利な本なので――、作家は、または目指す人は、一冊持っていて損はないと思っている。通常のものから、ファンタジー世界向けや、ミリタリー向けのものもある。

ミークは、あるときペラペラとそれをめくっていて、見つけた言葉だ。響きがかわいいので、覚えていた。

これは感想でしょっちゅう言われているけど――、有名な音声合成ソフトでありその人気キャラ名のもじり、ではない。

「ロシア語で、どんな意味があるの？」

似鳥の目力《めぢから》が、まだ強い。ネーミング辞典の説明で焦《じ》らされた怒りが伝わってくるような気

がした。

嚙《か》み殺されたくないので、僕は答える。

「〝瞬間《しゅんかん》〟って意味がある」

「瞬間……」

似鳥《にたどり》が、小さく呟《つぶや》いた。

「瞬間……」

そしてもう一度。

自分の演じるキャラの名前の意味を知った瞬間――、
声優さんがどんなことを思っているのか、僕には分からない。

ただ、〝このキャラに格好《かっこう》悪い名前をつけなくてよかった！〟と思っていた。

他のホムンクルス達もロシア語で命名して、今までに十人近く出しているが、

〝スヴュート〟は光で、これはまだいい方だ。

〝リエース〟は森林。意味は、関係ない。そもそも砂漠《さばく》の国のホムンクルスだし。

〝ダスカー〟は黒板。格好いい美少年だが、黒板君だ。

〝マルシーナ〟は、皺《しわ》。ミークに並ぶ美少女ホムンクルスで、読者人気は高いのに……。

〝グリープ〟なんてキノコだ。

〝チューチラ〟は、案山子《かかし》……。

危うく、

「君の演じるキャラの名前はね、キノコ（または案山子《かかし》）だったんだよ！」

なんて言う羽目《はめ》になっているところだった。

本当に危なかった。


「瞬間《しゅんかん》……」

まだ呟《つぶや》いていた似鳥《にたどり》に、僕は補足説明をする。

「英語で言うと〝モーメント〟で、ロシア語でもそれに音が似た言葉もあるらしい。名前を完全に確定する前に、一度だけネット検索《けんさく》したから覚えてる。でも、ミークの響きの方がかわいいから、採用した」

これは似鳥に言わなかった余談《よだん》だけど——、
ミークは、〝ミグ〟のロシア語発音でもある。
ミグというと、有名な戦闘機メーカーで、ミグ25とか、ミグ29とか、そんな戦闘機がたくさんある。
とりあえずキャラのミークとは関係ないのだけど——、

ファンがネット上に描いてくれたイラストで、ミークがミグ21戦闘機の前に立っているののがあって、あまりに気に入ったので保存してある。

これも似鳥には言わなかったけど――、
ミークが瞬間という意味なので、いずれはどこかで、ネタとして使おうかな、とは思っている。

せっかく意味がある名前なのだし、地の文で〝瞬間〟を出して、そこに〝ミーク〟のルビ(振《ふ》り仮名《がな》)を振《ふ》って、格好《かっこう》良くビシッと締める。

なんてことを思いつつ、まだ使っていなかった。

そろそろ使わないと、やがて使えなくなってしまう。

そんなことを思いながら、窓枠《まどわく》に置かれたお茶に手を伸ばした僕は、

「教えていただき、本当にありがとうございます。ずっと、不思議《ふしぎ》だったんです」

「え？」

右隣《みぎどなり》から発せられた敬語にかなり驚いた。

振り向くと似鳥はそこにいて、僕を見ていて、

「？」

い顔だった。

驚いた僕の顔を見て、驚いていた。自分の口から敬語が出たことに、まったく気づいていない顔だった。

深く追求するのも悪いと思って、

「えっと……。どういたしまして。明日のアフレコ……、楽しみにしてるよ」

僕は、努《つと》めてなれなれしい口調で言った。

「はい！　やらせていただきます！　一生懸命《けんめい》、頑張《がんば》ります」

またも敬語だった。

いきなり敬語を連発されると、背筋《せすじ》がゾワッとする。台詞《せりふ》のインパクトがあるので、僕も作中ではたまに使う演出だけど、まさか自分が実際に味わうとは思いもしなかった。

似鳥《にたどり》は――、

〝お仕事モード〟にでも入ってしまったのだろうか？

僕としては、今まで通りのタメ口の方がいいのだけど。

そんなことを考えていると、似鳥はスッと立ち上がって、

「ちょっと失礼します」

すぐ後ろの自動ドアをくぐり抜けて出ていった。

そこそこ長いトンネルをいくつか抜けながら、列車は快調に走り続けている。このあたりは

新緑が綺麗《きれい》な山深い場所だが、外はもう暗いので、トンネルを出ても景色は望めない。

車内は、相変わらず賑《にぎ》やかだった。先ほどの女性は、似鳥の魔法《まほう》の影響下にある。よほど強力にかけたのだろう。降りる駅が、終着駅であることを願うばかりだ。

似鳥はなかなか戻ってこないが、時間を計っているわけでもないし、トイレだとしたらそんなことを考えても仕方がない。

僕は、

「あー、美味《おい》しい」

ポテトチップスはやはりのり塩に限ると思っていた。

一袋食べ終えてしまった頃に、

「や、お待たせ」

お仕事モードは捨てて水に流してきたのか、それとも誰かにあげてきたか、今までの似鳥が戻ってきた。

いつものように、丁寧《ていねい》に髪を揃《そろ》えて胸の前に垂らしてから、すとんと座った。

「プロット出し、執筆《しっぴつ》、タイトル、名付けときたから――」

似鳥が言う。

「まずはひとまず、小説を書き終えた、としてもいい？」

「じゃあ、そこからの作家の行動は？　気をつけることとかは？」

「大丈夫」

質問を聞きながら、僕は思った。

似鳥《にたどり》はかなり詳《くわ》しく聞きたがるけど、ひょっとして自分でも書きたいのかなと。

でも、だいぶ前に〝応募する気はない〟と言ったような覚えがある。

すると、どこかに知り合いがいて、いきなり出版とか？

いや、ひょっとしたら、僕が知らないだけで既《すで》に彼女も作家なのでは？　声優と二足のわらじなのでは？　そして、ライバルである僕から有益な情報を引き出そうとしているのでは？

と、そこまで一瞬《いっしゅん》で妄想《もうそう》してから、僕は現実に戻ってくることにした。

「えっと、僕が、一冊分の原稿を書き終えたとする。読み直して、推敲《すいこう》もひとまず終わっているとする」

「スイコウ？」

似鳥が聞いた。

小学校の国語の授業で教わったから、みんな知っているのかと思ったが――、
その日、似鳥はたまたま学校を休んでいたのかもしれないので、僕は説明を入れる。

推敲とは、文章を何度も読んで練り直す作業のことだ。
故事成語《こじせいご》で、昔むかし、とある中国の詩人が、
『僧は推《お》す月下の門』（僧推月下門）
『僧は敲《たた》く月下の門』（僧敲月下門）
この二つのどちらがいいか、延々《えんえん》悩みながら歩いたので役人の行列に突っ込んだ。
文人でもあるその役人に、
「〝敲く〟がいいだろう」
と言われ、そう決めた。
だから、推すと敲くの文字を繋《つな》げて推敲。

「へー、始めて知った。ありがとう」

「えっと、どういたしまして。——僕が、小説を書き終えて、推敲もひとまず終わっているとする」

次にどうするか？　僕は、原稿を読んでチェックしてもらうために、担当さんに送る。

僕を含め、今書いているほとんどの作家にとって——、

〝原稿を送る〟と言えば、それはメール添付《てんぷ》だ。

僕の場合はワードのファイルを、そのままメールに添付して、ポン、と送ってしまう。

だから、担当さんが取りに来る必要なんてないし、郵送する必要すらない。データのまま、世界のどこからだって送れてしまう。だから、パソコンとインターネットさえあれば、世界のどこにいたって仕事はできる。

「現に、先生は東京《とうきょう》で仕事をしてないもんね。——地方在住の作家さんって、多いの？」

「忘年会で会った人達は、東京を含めて関東がまず多くて、次に関西が多かった。他にはちらほらと遠方の人が。忘年会はそういった人達が一堂に集まる数少ない機会なんだ」

「なるほど」


話をメール送付に戻す。

添付《てんぷ》するワードファイルだが、この時僕はファイル名のお尻《しり》に〝１１１〟とつけて送る。

これは、第一稿という意味だ。〝1〟は一つあれば十分だけど、巻数の数字と見間違えないように、三つ重ねてつけて送っている。

「じゃあ、編集さんが読んでチェックして、先生が直したら、第二稿になるの？」

「その通り。ファイル名・２２２になる」

「じゃあ、第何稿くらいまでいくの？」

「えっと、その前に……、打ち合わせと直しについての説明をしておいた方がいいかなと思うんだけど、どうする？」

「では、どうぞどうぞ。先生」

担当さんによる原稿チェックと、それに準じた直し。

執筆《しっぴつ》も大変だけど、直しも大変だ。ときには、直しの方が大変になることがある。

原稿を送って数日後か一週間後か、とにかく担当さんが読んでチェックをしてもらう時間が過ぎる。担当さんが忙しいと、この時間は延びる。

さて、打ち合わせの日時がやってきて、方法は主に二つ。

電話での打ち合わせと、直接会っての打ち合わせだ。

「電話は分かるけど……、直接会うときって、編集さんが来るの？」

僕は首を横に振《ふ》って、

「そういう作家と担当さんもいるんだとは思うけど、僕はまだやったことはない。必ず、僕が東京に行く。電話での打ち合わせもやるけど、正直、面と向かってやる方がいい。特に、直しの箇所が多い最初の打ち合わせでは」

僕は、打ち合わせに合わせて上京していた。

二年前、高校一年生の頃、打ち合わせは必ず、金曜日の夜にやっていた。というより、担当さんに時間を空けてもらっていた。

放課後に急いで駅に向かって、この電車より前の、十五時台の特急に乗る。

すると、飯田橋《いいだばし》の編集部には十九時前につける。

編集部の脇《わき》にある打ち合わせテーブルで、打ち合わせを行う。レストランや喫茶店でやるって話も聞いたことはあるけど、正直僕は遠慮したい。回りに聞こえたらどうしようとか、回りにばれたらどうしようとか、とにかく落ち着く気がしない。

その時間だが、だいたいいつも二時間はかかる。長いと三時間くらい。


「長いね……。具体的には、どんなふうにやるの？」

「まずは、まあ、いつも、担当さんが『面白《おもしろ》かったよー』とか言ってくれるところから始まるかな？　ひとまずホッとする瞬間《しゅんかん》だ。だって、全ボツがないってことだから」

「全ボツ？　それって、まさか——」

「そう、そのまさか。恐怖の、全ボツ。要するに、〝この小説は面白くないから受け取れません〟ってこと」

「そうなったら……、どうなるの？」

「当然、書き直し」

「全部？」

「全部」

「今まで、先生が全ボツになったことは……？」

　実は一度もない。

　だから、恐怖とは言っても、想像する恐怖でしかない。

　前に話した通り、僕はプロットを送って、プロット段階でのＯＫかＮＧかはもらってから書き始めている。

　とはいえ、これも前に話した通り、プロットと原稿が大きく違うのは珍しくない。

　いくらプロットでは面白くても、小説として面白くなければ、または、あまりに完成度が低ければ、もしくはその両方だったのなら――、全ボツはあり得る。

　他の作家さんと話をして、この全ボツを食らった人が結構いることを知った。

　いつか自分もそうなるのではないか？

　毎回恐怖を感じている。

『面白かったよ――』

　そう言われてホッとして、でも、気を抜くわけにはいかない。

　指摘を受ける箇所は、毎回山ほどある。

「じゃあ、編集さんは、どんな指摘をしてくるの？」

「まずは、全体の流れから入ることが多いと思う。一番大きく直す必要があるところから。〝大直し〟って僕や担当さんは言ってる。これから大きく直す箇所で、細かな指摘をしても意味がないから」

「なるほど。大きく直すって、例えば？」

「例えば、全体的にこの流れではちょっと不自然だとか、シーンそのものが長いとか、話の展開をがらりと変えた方がいいとか……」

この大直しは、指摘があると大変だ。全ボツには負けるけど、直し作業は大事になる。

僕の経験だと——、まあ、直しに直しを重ねた一巻はさておき、それ以外でも、三巻で一度あった。

ラストバトルが、長すぎると指摘があったからだ。

一巻の対プルートゥ戦が結構長かったので、そして自分では上手《うま》く書けた気がしたので、次も盛り上げようと、調子に乗って書いたのがよくなかった。

あまりに長すぎるとの指摘があって、僕は、三巻の戦闘シーンをバッサリとカットした。

失恋女性の断髪《だんぱつ》のようなカットだった。僕は女性ではないし、失恋の経験もないけど。

「えっ！　じゃあ、初恋が成就《じょうじゅ》したの？」

断髪の例えを出したところで、似鳥《にたどり》が食いついてきた。このへんの反応が女子だなあと、僕は思った。いわゆる〝恋バナ〟が好きなあたりが。

「先生の彼女……、どんな人？」

分かっている。この似鳥は、分かっていて聞いている。

「今まで、誰かに告白したこともありません……」

「なんで敬語？」

「なんででしょう……」

友達がいないのに彼女がいたら、それは宇宙人だと思う。

そして、僕は宇宙人ではない。以上証明終わり。


閑話《かんわ》休題《きゅうだい》。

原稿カットの話題に戻る。

そんなわけで、最初に書いた原稿から、バトルシーンは大幅《おおはば》カットされた。

シーン中に出てきた敵の将軍達も、半分がいなくなった。何人かは別の話で登場したけど、名前もつけておいて消えてしまったキャラもいる。

ただ、結果的にこの修正は、大正解だったと思う。

戦闘描写は短く引き締《し》まったし、戦闘後にのんびりしたシーンを足すこともできた。それらは、以後の話の伏線《ふくせん》になっている。

「大直しがない場合、担当さんは、『じゃあ頭からざっとやっていくね』って言うことが多い。つまり、原稿の頭から、順を追って指摘箇所を喋《しゃべ》っていってくれる。ここから先は、細かな指摘になる。文章の流れが悪いとか、意味が通じにくいとかいった指摘や、タイプミスや漢字の誤変換《ごへんかん》とかの凡ミスまで」

「そのときって、プリントされた原稿を見ているの？」

「最初はそうだった。編集部のプリンターで打ち出された原稿が、僕の分も用意してあって、それに赤ペンで、指摘されたことをメモ書きしていった。僕は〝赤チェック〟って呼んでる。それを元にして、あとでパソコンで直す」

「なるほど。でも、〝最初はそうだった〟ってことは、今は？」

似鳥《にたどり》の、当然すぎる質問。

僕は答える。

「小型のノートパソコンを持ち込むようになったんだ」

デビューの年の年末、十月に出た二巻の印税が入って来た頃の話だ。

お金の話は別の機会に（聞かれれば）するとして――、
僕は、そのお金で、小型のノートパソコンを買った。

小型で軽量の、鞄《かばん》に入れて苦もなく持ち歩けるパソコン。しかも新型を、なんと新品で、それも現金一括《いっかつ》払いで手に入れた。

これによって、東京までの往復中や、ホテルの中でも仕事ができるようになった。これは、とても助かった。

最初に買った大きなノートパソコンは、古いけど故障知らずなので、四年経《た》ったがまだ使っている。部屋でネットに接続するときは、こちらを使っている。細かいことを言えば動きが遅いのだろうが、僕にはなんの問題もない。

執筆《しっぴつ》用パソコンが二台になったのは、大きな利点だった。万が一どちらかが壊《こわ》れても、仕事は続けられる。

プロは必ず予備機を持つようにと、昔どこかで読んだ。それはカメラマンの話だったけど。

こうして手に入れたノートパソコンを、僕はいつも打ち合わせに持っていった。

最初のうちは、その日の夜にホテルで、赤チェック原稿を手に直していたのだが——、

「実は僕……、字があまり綺麗《きれい》じゃない……」

「えっ!?　——そう？」

「そう……、だよ？」

似鳥にそんなに驚かれるとは、思わなかった。

似鳥《にたどり》は、僕の字を見たことがないと思うのだけど——、いや、授業中に黒板に書いたことがあったか。もちろん、そういったときは、できる限り丁寧《ていねい》に書くものだ。

「えっと……、それで？」

「うん。自分で書いた文字が、読めないことがあったんだ……」

「………」

格好《かっこう》の悪い話だ。

でも、本当だから仕方がない。

担当さんとの打ち合わせのときに原稿に赤ペンで書いた文字が汚《きたな》すぎて、いったい何が書いてあるのか、自分で何を書いたのか分からなくなることがあった。

書いたときは、その指摘内容は覚えていた。直すアイデアも浮かぶし、それをメモすることもあった。

でも、当然のように、指摘箇所は多数になる。

最初の頃の指摘は、もう、三時間経《た》ったら覚えていない。

そんな中で、自分で書いた赤い文字が判別できずに、

「ああ！　ここ、なんて指摘を受けたんだっけ！」

そう悶《もだ》えることがあまりにも増えてしまった（そんなときは仕方がないので、恥《はじ》を忍《しの》んで担

当さんに電話をした）。

だから、打ち合わせにノートパソコンを持ち込むことにした。

つまり、打ち合わせのテーブルで——、
編集さんはプリントアウトされた原稿を、僕は画面を見ている。

当然、この時にはファイル名は222にしておくことも忘れない。

指摘を受けると、僕はそこにカーソルを動かす。ページが大きく飛ぶ場合は、検索《けんさく》機能でそこへとジャンプする。

そして、指摘を受けて——、
簡単に直せるようなら、すぐさま直してしまう。ミスタッチや誤変換《ごへんかん》なんかがそうだ。

これは、直した文章をすぐさま担当さんに確認してもらえるメリットがある。

長い指摘があったら、行を開けて、そこに指摘されたままの文章を打ち込む。

〝ここは台詞《せりふ》を増やす〟

〝このへんずっとカット〟

〝前のシーンと統一〟

などなど。

「原稿の直しにかかる時間だけど……、直しが大きくてたくさんある場合は一週間とか、〆切《しめきり》まで余裕があればもう少しもらう。こうして、第二稿を作って、僕はまた送る」

「そして、それにまたチェックが入るの?」

「うん。直すべきところが直っているかのチェックと、読み直したときに担当さんが見つけたミスなんかを。でも、当然その量は第一稿のときよりは少ない。——多かったら泣く」

「あはは」

「この二稿や三稿のチェックは、別件で編集部に行く用事でもない限りは、電話でやる。電話打ち合わせの場合、僕は携帯をハンズフリー状態にして、キーボードの前に置いて、やっぱりカタカタと直しながら行う。電話は、担当さんからかけてもらう。たいてい、長くなるし。三十分ですんだら短い方。あるときは、二時間近くやっていた」

「なるほど。……そこで、聞いておきたいんだけど」

「どうぞ」

「編集さんから、ここを直してと言われたら、それは辛《つら》く感じる? 自分の思いの丈《たけ》をぶつけた小説でしょう? 例えわずかでも、文章を変えなさいって言われるのは、悔《くや》しかったり、悲しかったりはしない?」

「いや、ほとんどない」

僕は、あっさりと言った。

プロ作家である以上――、

つまり、出版社から本を出してもらい、その印税をもらう以上――、

編集さんのチェックなしの執筆《しっぴつ》活動などありえない。

「私の小説は完璧ですので、一言一句《いちごんいっく》直したくありません」

などという人は、プロ作家にはなれない。

書いた物を否定されて、それで自分が全否定されたとおもって腐《くさ》るようだったら――、

プロ作家にはなれない。

作家になるずっと前、多分小学校五年生くらいの頃に、僕は、そんな内容のエッセイを読んでいた。

もう誰が書いたのか覚えていないのだが、売れっ子作家さんだったと思う。

当時は、

「そんなものなのかー」

くらいにしか思っていなかったが、実際自分がプロ作家になる可能性が出てきた頃に、ふと思い出した。そして、今も忘れていない。

もちろん、どうしても譲《ゆず》れないと思ったところは、食い下がる。

食い下がるが……、実際にそんなケースはまれだ。

意見が食い違ったときは、大抵《たいてい》僕が折れる。そしてその箇所を、直す。今までそうやってきたし、そして本が売れたのだから、それでいい。

ハッキリと言い切った後に、僕は付け足す。

「でも、まあ、僕はまだ全ボツがないからなあ……。全ボツがあると、けっこう辛《つら》いかもしれない。〝全ボツが連発すると、心折れるよー〟って、忘年会で会った先輩《せんぱい》作家が言っていたっけ」

実際には想像するしかないのだが、さぞ辛いと思う。

「それは……、大変ね」

同じように思ってくれたのか、似鳥《にたどり》もしんみりと言った。

「えっと、第何稿くらいまで直すのって質問の答えに移るけど――」

「うん」

「僕はいつも、第三稿くらいで脱稿する」

「〝ダッコウ〟って?」

「単純に〝原稿を書き終わる〟って意味だけど、僕の場合は〝完全に直しを終えた原稿を提出する〟って意味で使ってる。脱稿すれば、ひとまず終わった、ということになる。よくいう〆《しめ》切《きり》は、この脱稿を何日までに、って設定されることが多い」

「なるほど。先生は書き終えた、ってことになるのね」

「うん。ただ、書く作業は終わっても、小説が出るまでには、やることがたくさんある」

脱稿までは説明した。でも、作家の仕事はここで終わりじゃない。執筆《しっぴつ》よりは楽だけど、まだまだやるべきことは残っている。

僕は、腕時計を見た。終着駅までは、まだ一時間弱はあった。僕は一度、席を立った。用を済ませて手を洗って、再び戻る。

最寄《もよ》りの駅から終着駅までの約三時間、何度も乗った列車だが、それまでは本を読んでいるか、音楽聞きながらぼーっとしているか、またアイデアを思いついてメモとして残しているか、またはノートパソコンでカタカタと仕事をしているか。

同じクラスの女子（年下だけど）と隣《とな》り合わせで座り、ずっと喋《しゃべ》っているなんて、考えたこともなかった。

ましてや、それが、声優さんだなんて。

そして、彼女が、自分の小説のアニメで演じてくれるなんて。

「お待たせしました」

「待ってました！　じゃあ、脱稿以後のプロセスについてよろしく！」

「ひとまずは楽になるし、自由になる。〝やった！　終わった！〟って開放感がある。作家さんによっては、〝出所した気分〟って言う人もいる。でもまあ、僕の場合は、〝よし次を書こう！〟ってなるんだけど」

「……え？　遊ばないの？」

「今は、小説を書くのがとにかく楽しいから。脱稿直後って、やり切った満足感があるから、多分、いちばん次を書きたい気持ちになってると思う」

「し……、仕事の鬼《おに》？　先生、ワーカホリック？」

「そうかも……。でもまあ、さっきも言った通り、これで作業が終わりじゃないんだけど」

さて、脱稿後に原稿はどうなるのか？

これは、編集さんの最終チェックを経て、校閲《こうえつ》チェックに回される。

本とまったく同じ体裁《ていさい》にプリントアウトされたものが出来上がり、校閲さんの手に渡る。

「〝コウエツ〟って……、どんな字を書くの？」

似鳥《にたどり》が聞いた。あまり一般的ではない言葉だから、知らなくても無理はない。

「コウは学校の校、エツは、検閲とか、閲覧《らん》とかの閲。くっつけて校閲。文章にミスがないかチェックする作業のこと。校閲さんだと、その仕事をする人」

「ふむふむ……」

「閲を〝正しい〟の字にして、〝校正〟って言葉もあるんだけど、聞いたことは？」

「なんとなくあるかも。その二つは、違うの？」

「僕も気になって調べたことがあって――、実は結構違う。とても簡単に言うと、校正は、元になった原稿と、試し刷《ず》りの文字が合っているかチェックする作業」

「むむ？　じゃあ、校閲は？　それ以外のチェック作業があるの？」

「校閲は、文章に、日本語としてのミスがないか、または話がおかしくないか、事実誤認がないかとか、全てをチェックする作業」

「事実誤認って……、例えば？」

「例えば――」

僕は三秒ほど、いい例がないか考えた。そして、

「僕の書いた文章の中に、こんな一文があったとする。〝私は、アメリカ合衆国の首都であるニューヨークへ向かった〟」

「首都はワシントンDCだから間違いですよ、って指摘をしてくれる？」

「その通り。でも……、これが間違いじゃない可能性もある」

「そうか。独立直後だとしたら、あってるね」

似鳥がすんなりと言い返して、僕はかなり驚いた。

たくさんの本を読んできて無駄知識の多い僕だが、似鳥もスッパリと正答を見つけるとは思わなかった。

「正解……。その頃の米国の首都はニューヨークだった。まさにその年代を描いた小説だとしたら、この場合は直さないのが正解になる。校閲《こうえつ》さんは、そこまで気を使わないといけない。もちろん、作者が調べ違いをしていて、〝首都のフィラデルフィア〟って書いていたら、〝この年月日なら、まだニューヨークです〟って指摘もしなくちゃいけない」

「うわあ。大変な仕事だ。——なるほどね、原稿はそうやって、プロのチェックを受けるって訳だね」

「そういうこと。ちなみに、本来は〝校閲〟って用語を使うのが正しいんだけど——、作家さんの中では〝校正〟で通しちゃう人もいる」

僕だってデビュー直後は、校正と校閲の意味も知らず、ましてや使い分けなんて当然していなかった。

ここからの説明には、いくつか専門用語が出てくることになる。経験を積んだ作家や編集者にとっては当たり前の出版用語だが、一般の人には、馴染《なじ》みがない。つまり、作家になりたての人間にも、馴染みがない。

「えーっと……、それってなんですか？」

新人作家は、そんな質問を担当さんに繰り返しながら、自分の本を造っていくことになる。

僕も、最初の四冊くらいは、自分が何をやっているか説明できなかった。担当さんから、

〝次はこれをして。じゃあその次はこれ〟

そう言われて、逐一《ちくいち》応《こた》えていった。


「えっと、ちょっと専門用語が連続するんだけど……」

僕は、そう前置きをしてから、説明に移る。

「本と同じ体裁でプリントされたものを、〝ゲラ刷《ず》り〟、または略して〝ゲラ〟って呼んでいる。ゲラって呼ばれる方が多い。僕も、ずっとゲラって言ってる」

「ゲラ……。どういう意味？」

「うん。僕もなんでゲラっていうのか気になって、やっぱりネットで調べたことがある」

「インターネットは便利だねえ。そしたら？」

「そしたら、語源はガレー船だった。昔の船で、たくさんのオールが横に出ていて、奴隷《どれい》とか兵士とかが必死になって漕《こ》いでいた船のこと。または、ギャレー」

「galley ね。船や飛行機とかのキッチンもそう呼ぶよね」

「似鳥《にたどり》は、物知りだねえ」

「え？　誉《ほ》めてくれるのは嬉《うれ》しいけれど、何も出ないよ？」

「正直に思っただけで、誉めたわけではないよ？」

「それに、インターネットほどじゃ、ないよ？　私だって知らないこと、たくさんあるよ？」

「またまた謙遜《けんそん》を」

「では、先を続けましょうか？」

「はいそうしましょう。じゃあ、なんでギャレーが出版に関係あるのかというと――」


昔、出版といえば活版《かっぱん》印刷だった。

「なにそれ？」

「え？　えっとね……」

謙遜《けんそん》ではなかったのか。

活版印刷とは、〝活字〟と呼ばれる金属製の文字の型、これを選び出して並べて印刷する方法。それまでの書き写しや、一部分しくじったらお終《しま》いの一枚板に彫《ほ》る印刷方法に比べて、出版が圧倒的に楽になった。

欧州《おうしゅう》が力を持つことになった、ルネサンスの三大発明の一つでもある（残り二つは、羅針盤《らしんばん》と火薬）。より多くの人に、安く、早く、本を提供できるようになった。

「へえー」

「中学の世界史の授業でやらなかった？」

「えっと……、寝ていたかも？　――では、ギャレーの説明をどうぞ」

その活字だが、一文字に一つで一ページ分という膨大《ぼうだい》な数になる。これを選んで、キッチリと並べて置いた浅いお皿のことを、さっきの船にちなんでギャレーと呼んだ。

どこかの誰かが、

「狭《せま》い中にぎっしりだなあ。昔のガレー船の漕《こ》ぎ手のようだよあっはっは」

とか言ったのか言わなかったのか、僕には分からない。とにかくそういうことになった。

並べた活字が間違ってないか試し刷《ず》りすることになって——、
それをギャレー刷りと呼ぶようになった。これは、英語でもそう。galley proofsと呼ばれている。日本語に直すと、校正刷り。

ギャレーがいつの間にか、ゲラになって、ゲラ刷り。さらに略されて、ゲラ。

もはや活版印刷なんかしてないし、全部コンピューターの仕事になった現代でも、昔の用語はこうして生き残っているという例。

「へえ……。勉強になった」

「まあ、作家の仕事にはあんまり関係のない横道だったけど……」

「ゲラが何かは覚えたよ？　先生、ここテストに出る？」

話がずれたので、戻す。

「えっと、どこまで説明していたんだっけ……？」

「先生の書いた原稿が、ゲラになって校閲《こうえつ》チェックされることになった、ところまで」

「そうだった。ありがとう」

「いえいえ」

ゲラが出た。これを、校閲《こうえつ》さんにチェックしてもらう。

この行為のことを、〝初校〟と呼ぶ。最初の校閲（または校正）だから初校。

二回目の校閲チェックは、〝再校〟。


初校や再校は、行為そのものを指すのだが——、
初校ゲラや再校ゲラを意味することもあるから、若干《じゃっかん》ややこしい。

今後、僕の説明の中では、ゲラは省略せずに使う。

さて、校閲さんに初校ゲラが行って、いろいろとチェックしてもらっている間——、
僕のところには〝控《ひか》え〟がやってくる。正しく言うのなら、初校ゲラ控え。

要するに、校閲さんのところに行っている初校ゲラとまったく同じ、コピーだ。

僕は、著者《ちょしゃ》としてこれを読み直して、チェックする。

これが、〝著者校正〟。略して著者校。

ここでは基本的に、誤字脱字の発見や、ふられたルビの間違いをチェックするくらいでいいのだけれど——、

「もうね、読めば読むほど、文章や内容が気になっちゃうんだ。執筆《しっぴつ》中に何度も読み直してい

るのにね。文章がへぼい箇所とか、リズムが悪い箇所とか、どんどん見つかる」

「そんな場合は、どうするの？」

「可能な限りは直そうとする」

原稿になってしまっているので、基本的には赤ペンで修正を指摘して、これこれこういう風に変えてくださいと書き込む。

余談《よだん》だけど、原稿に赤ペンで修正を書き込むこの行為のことを、〝赤を入れる〟と言っている。

原稿を修正するとき、編集さんは〝校正記号〟というものを使う。

誤解なく修正が伝わるように作られた、記号の数々。例えば、上と下の文字を入れ替えるときは、アルファベットのSの鏡文字みたいな書き方をする。上のカーブに上の文字が、下のカーブに下の文字が入る。

でも、僕はそんなことを知らないから、最初はかなり複雑怪奇《かいき》な修正を書き込んだ。

そして、担当さんから、

「ここだけど、どういう意味？」

何度も聞かれた。

校正記号についてはさておき――、

初校ゲラ控えで僕が行うチェックで、どうしても大きく直したい場合があったとする。

このページはもう丸々書き直したい！　と思ったとする。

「そんなことができるの？」

似鳥《にたどり》が聞いた。

答えはイエス。できる。

「あんまり誉《ほ》められたことじゃないんだけど……、〝ページ差し替え〟という手段がある」

読んで字のごとく、書き直したいページを新しく書いてしまい、〝○×ページは、こっちを使ってください〟とメールで送る。複数枚に渡ることもある。

「だけど、ページ差し替えをするほどの大直しは……、できるだけ、するべきではないとは思う」

なぜかというと、ここでページを差し替えるということは、そのページは初校チェックがされないということになる。

時間が許す限り原稿の質を高めようとする行為は尊いとは思うけれど——、
どこかで、

「もういいんだ。完成した」

そう思わないと、延々《えんえん》修正を繰り返すことになる。

脱稿時点に完成しているのが、理想だ。

「そうは思っているんだけど……」

「人生上手《うま》くいかないよね」

「さて――、校閲《こうえつ》さんの初校が終わって、初校ゲラが編集部に戻ってくる日程がある。だから僕は、それまでに著者校も終わらせておく」

僕は、プロセスの説明に戻った。

「僕は、二つのことをしないといけないんだ。一つは、自分が赤を入れた著者校ゲラを、編集さんに渡すこと。もう一つは、校閲さんのチェックが入った初校ゲラを、僕がチェックすること」

似鳥が、首を傾《かし》げた。

「ん？　一つ目はいいとして……、二つ目は、どうして？」

校閲チェックで、誰が見ても明らかな間違いは――、
例えば〝文章の最後に句点がない〟とか、ルビが完全に間違っているとかは、校閲さんは赤を入れる。

でも、校閲さんにとって〝これは間違いなのか、そうでないのか判別がつかない〟ところもある。そういった箇所は、鉛筆書きで指摘が入っている。

基本的に、文章を直せるのは著者だけだ。

編集さんも、校閲《こうえつ》さんも、勝手に文章を書き換《か》えることはない。

だから、僕の責任で、赤が入った箇所をチェックして、なおかつ鉛筆書きの指摘に、全て答えていく。

「じゃあ、どんな指摘があるの？」

「いろいろ、なんだけど——」

実はこれは、校閲さんによって指摘方法や頻度《ひんど》が違う。

電撃文庫の場合、校閲さんは外注になっている。だから、毎回必ず同じ人にやってもらえるか、分からない。

僕は、校閲さんの名前を知らない。どんな人かも分からない。

ただ一つ言えるのは——、
いつもお世話になっています。

「一番よくある指摘例としては、表記の不統一かな。〝表記揺《ゆ》れ〟って言われる」

「表記揺れ……。例えば？」

「ある箇所では〝さん〟の字を使って〝産み出す〟だったのが、別の箇所だと〝なま〟の字だったり、〝出す〟がひらがなだったとか。〝ボディーガード〟と〝ボディガード〟の違いとかも。

カタカナ文字は、〝中黒〟っていう黒い点が入っている場合と入っていない場合が混在しているとか」

「なるほど」

「あとは、〝てにをは〟が変だって指摘も多い」

「〝テニオハ〟？」

「えっと……。助詞の使い方のこと」

「〝ジョシ？〟女の子？」

「違います。女子をどうやって使うの？」

「えっと……、悪いことに……？」

「逮捕《たいほ》されるからやめて。この場合のジョシは、なになに〝を〟とか、なになに〝は〟とかの助詞。助ける詞、言葉」

「あ、ああ……。もちろん知っていたよ？」

「もちろん気づいていたよ？」

「で、でしょ？　──その助詞の使い方が〝てにをは〟で、それが間違っているって指摘があるの？」

「そう。夢中になって書いていると、それがおかしいときがある。〝が〟と〝は〟の使い分けが変だったなんてかわいい方で、日本語として成立していない文章のときもある……。大抵《たいてい》は編集さんに指摘されるんだけど、それをすり抜けた場合は、校閲《こうえつ》さんに直される」

「なるほど。他にもある？」

「他には……、単純だけど、とんでもない凡ミスが……。これを言うのはかなり恥ずかしいけど……、僕は、キャラの名前を間違えたことがある」


自分でもなんでそんなミスをしたか分からないのだけど——、
僕は『ヴァイス・ヴァーサ』の五巻で、二十ページ以上に渡る間ずっと、二人のキャラクターの名前を間違え続けたことがある。

髭《ひげ》のおっさんが女言葉を喋《しゃべ》り、美女キャラが、

「ワシにはどうにも解《げ》せんのだ」

なんて喋っていた。

指摘を見たときは、軽く青ざめた。そのまま本が出ていたら、どうなっていただろう……。


「他にもこんなミスがあった……。洞窟《どうくつ》に八人が入って、三人が死んでしまいました。外に出られたのは、何人でしょう？」

「五人。真《しん》はさておく」

「だよね。小学校の算数だよね。原稿では、四人になっていた……」

「うわー……」

「いいよ？　もっと笑って？」

「いえいえ。誰にでも間違いはある」

「ありがとう。まあ、そんな間違いの数々が指摘されてくるんだけど――、この、〝校閲《こうえつ》チェックの著者チェック〟のときには、必ず鉛筆かシャーペンを使う」

「どうして？」

「担当さんが、その上から正しい修正を赤で入れるから。〝ここにはこんな指摘があり、修正しましたよ〟ということは、そのまま残しておくんだって」

「へー」

「そこで僕は、赤と黒のボールペンと、さらにシャーペンが付いているペンをずっと使っている。いつも持ち歩いている」

「ほう！　今日も持ってるの？　どんなの？」

これは実物を見せられるので、

「ちょっと待って」

僕は立ち上がると、体を捻《ひね》って棚《たな》に手を伸ばした。

リュックの外側ポケットにペン差しが付いているので、そこに予備を含めて、二本入っている。一本を取り出して、座って、似鳥《にたどり》に見せた。

「おお、これが、先生の愛用品！　高級品に見えるね！」

似鳥《にたどり》が大仰《おおぎょう》に感動しながら言った。実際には、なんてことのない、多分コンビニでも売っている安いやつだったのだが。

「将来、先生の記念館が建つと、展示されるんだね」

いや、それはない。

というか、記念館が建つなんて考えたこともない。そんなお金があったら、震災復興《しんさいふっこう》に使ってください。

ペンをシャツの胸ポケットに差してから、僕は説明を続ける。

「僕はシャーペンを手に、校閲《こうえつ》チェックがされた初校ゲラをめくっていく。指摘箇所に付箋《ふせん》が貼《は》ってあることもあるけど、一応全部を、一枚一枚めくっていく」

そして、校閲さんの指摘が目に入ったとする。

その指摘に納得して、僕がその通りに修正してもらいたいと思ったとする。

すると僕は、シャーペンで、その指摘を大きく丸で囲む。〝この通りに直してください〟という印だ。

逆に、ここは原稿文章のままでいいんだ、と思ったら――、
指摘の上に、バッテンを書く。

さらに、〝ママで〟と書き残すこともある。

「ママで？」

「母親は関係ないよ？」

「あ、やっぱり？」

校閲さんの指摘はありがたいけれど、ママでいってほしい箇所も結構ある。僕の場合、会話の中で、わざと日本語を変にすることがあるから、そんな指摘は全てバツをつけさせてもらう。

こうして、一巻につき約百五十枚（つまり文庫で約三百ページ）はある原稿をめくっていってチェックしていく。

時々、僕でも判断が付かない場合はある。

例えば、似た意味のある漢字の指摘をされて、どっちの漢字が相応《ふさわ》しいか分からない場合。

このときは判断を保留して、そのページに付箋を貼ったり、ゲラの端《はし》を小さく折ったりしておく。

全てのチェックが終わったあとに、編集さんに、

「ここなんですけど——」

訊《たず》ねて判断を仰《あお》ぐ。

そこまで話してから、僕は言い忘れていたことを思い出した。

「あ！　初校ゲラチェックをする場所なんだけど——」

「編集部じゃないの?」

「うん、去年はほとんどそうだった。打ち合わせでよく上京していたから、それに日を合わせてやっていた。ただ、高一のときは、そのためだけに上京はできなかったから、郵送でやっていたんだ。送ってもらった初校ゲラをチェックして、著者校《ちょしゃこう》ゲラと一緒《いっしょ》に送り返していた」

「なるほど」

「そのあとに、編集さんから不明箇所があると、電話がかかってきてそれに答えていた。こうして、初校は終わる。出版までのプロセス、一つクリア」

「でも、校閲《こうえつ》チェックはもう一回、あるのよね?」

「ある。再校が」


再校は、同じことの繰り返しだ。

チェックされた初校ゲラは、そこを全て直されて再校ゲラになる。

校閲さんに再校ゲラが送られる。僕のところには再校ゲラ控《ひか》えが送られる。

直した箇所が完璧に直っているか、再校ゲラ控えで僕はチェックする。二度目の著者校だ。

校閲さんのチェックした再校ゲラを著者チェックしに、僕はまた編集部に赴《おもむ》く(または郵送で行う)。

再校ゲラには、かなりの頻度《ひんど》で、新しい指摘が入っている。初校のときに見逃《みのが》された箇所や、初校で僕がママを出した箇所などだ。

またもシャーペンで、僕はマルやバツを書いていく。

「初校と再校をひっくるめて、ゲラチェックって呼んでいる」

「話を聞くと、結構面倒《めんど》くさそうだね」

「実際、とても面倒な作業だよ」

僕は、小さくぼやいた。

「毎回毎回、目を皿にして間違いを探《さが》さなくちゃいけないから、とても疲れるんだ」

「やっぱり」

「でも……、間違いのない本を出すために、避けては通れない作業だから」

「なるほど。お疲れさま」

「あ、ありがとう……」

「やっと終わりね」

「いや。著者がやらなくちゃいけないことは、残ってる」

「まだあるの？　えっと……、何が？」

「残っている作業は、あとがきの執筆《しっぴつ》。著者近影と著者紹介文の作成。そしてイラストのチェック」

あとがきの執筆《しっぴつ》。

ライトノベルでは、ほとんど必ず、あとがきがついている。これを書かなければならない。分量は、一ページのときもあるが、たいていは二から四ページ。

あとがきに何を書くかは、基本的には著者《ちょしゃ》の自由だ。読者や社会にケンカを売らない限りは、何を書いてもいい。

世の中には、あとがきに己《おのれ》の活躍の場を見つけてしまい、毎回趣向《しゅこう》を凝《こ》らして頑張《がんば》る作家さんもいるが——、

正直僕は、あとがきを書くのが苦手《にがて》だ。

最初の頃は、まだよかった。デビューできましたみなさんありがとうありがとう。ほんとうにありがとう。

こんな感じでそつなくまとめて、二ページが埋《う》まった。

以後はもう、何を書いていいのかサッパリ分からなくなった。

他の作家さんみたいに、自分自身のことを書こうとしても——、高校生です、または休学中です、なんて書けるわけがない。

毎巻毎巻、とても苦労して、あーでもないこーでもないと唸《うな》りながら書いているのが正直なところで、あとがき禁止を公約に掲《かか》げる政党が出てきたら、一票を投じるかもしれない。二十歳になったら。

「なるほど……。まさかそこまであとがきが大変だとは思わなかった……」

「イヤになるほど大変だよ。エッセイには人柄が出るっていうし、果たして読者にどう思われているのか、かなり気になる……」

「読んだ限りだと、この人は大学生くらいなのかな、とは思ったけど……」

「それなら、いいかな。ちなみにアニメ放送中に出る予定の八巻は——、アニメ関係者さんに対する謝辞《しゃじ》で埋めた」

「あとがきのメ切《しめきり》って、いつなの？」

「本当は、入稿時にあるのが、校閲《こうえつ》チェックもされるから望ましいんだけど……、間に合わない場合は、初校を返すとき。最悪でも、再校を返すときに」

「なるほど」

「実は、もっと遅くできる方法も、先輩《せんぱい》作家さんから聞いたことがある。再校より後にできる方法を」

「想像がつかないんだけど……、どんな？」

「まず、あとがき予定のページを、空白で開けておいてもらうんだ。そのページに、あとから作ったあとがきを、文章ではなく挿絵《さしえ》、つまりイラスト扱《あつか》いではめ込んでもらうんだって。あとがきで、レイアウトを変えたりして遊ぶ作家さんは、この手を使っているだって」

「じゃあ……、先生が自分でイラストを描いたり、文字が手書きでも大丈夫ってこと？」

「そう、なるね……」

「じゃあ――、どう？」

「〝どう？〟――、とは？」

「手書きのあとがき、書いてみない？」

「えっと……、誰も読めなくなるよ？」


あとがきが終わると、著者近影と、著者《ちょしゃ》紹介文。

これらは、電撃文庫の場合、裏側のカバーの袖《そで》（折り返した部分）に載《の》っている。

著者近影は、横三十の縦三十二の比率で、何か写真やイラストを載せられる。

本来、著者近影というくらいだから、ここは本人の写真が載っているべき部分だ。

でも、電撃文庫では、というか、ライトノベルでは――、
ちゃんと写真が載っている方が少ない。かなり自由だ。

いろいろなパターンがあるが、多いのは、ペットの動物、物の写真、そしてイラスト。

イラストは、その本のイラストレーターさんが描いてくれるときもあれば、作家が知り合いに頼む場合もある。

自分で描いてしまう、絵心のある作家さんのケースもある。

「先生の場合、キーボードの写真、よね？」

「うん」

僕の著者近影は、一巻から九巻まで、最初に買ったノートパソコンのキーボードの写真だ。同じことをやっている作家もいるので、何番煎《せん》じだよ、とは思っているが。

手に入れたばかりのスマートフォンで撮ったものだ。一巻から三巻まではずっと同じ写真だったが、少しはバリエーションを持たせようかと思って、四巻からは毎巻微妙《びみょう》に変えている。

とはいえ、写っているのはずっとキーボードだけど。

すると、似鳥《にたどり》はハンドバッグに手を突っ込んで、

「どれどれ」

取り出したのは、一冊の文庫本。

取り出した瞬間《しゅんかん》に、それが何か、僕にはすぐに分かった。間違えようもない。『ヴァイス・ヴァーサ』の一巻だ。

小さな付箋《ふせん》がたくさん貼《は》られているのが分かる。似鳥は、アフレコに備えて読み込んでくれているのだろう。とても嬉《うれ》しい。

似鳥は、一巻の著者近影を見て、それから僕をジッと見て、

「正直――、似てないね？」

そりゃそうだ。

僕は答える。

「当時は、今より若かったから」

冗談を言って、相手が笑ってくれるのは、とても気持ちがいい。

本を出して、読者が感動してくれるのは、きっとこの気持ちのスケールアップ版だ。

似鳥《にたどり》は、一巻を膝《ひざ》の上に置いたまま、訊《たず》ねる。

「著者近影《ちょしゃ》が著者近影でないのはいいとして、その下の著者紹介文は？」

「あれも、作者が自由に書いてしまっていい」

電撃文庫の場合、著者近影の下に著者名がどん、と入って、その下が著者紹介文になる。

これは、横書き。一行二十四文字で、五行以内に納めることに（だいたい）なっている。

著者紹介文なのだから、年齢（生年）とか、略歴とかを書く場所なのだろうけど——、
電撃文庫では、これもまた、自由に何を書いてしまってもいいスペースになっている。

ほとんどの作家にとって、近況報告の場になっている。だから毎巻変わる。

「これも大変なんだよ……。なんで毎巻変えなくちゃいけないんだろう……。いや、別に変えなくちゃいけないわけじゃないんだけど、なんかこう、みなさんやってるから……」

僕は、完全に恨《うら》み節《ぶし》モードに入っていた。

年下の女の子に愚痴《ぐち》る作家の図。誰にも見られたくない。

「大変だねえ。よしよし」

ああ、慰《なぐさ》められた。かなり格好《かっこう》悪い。頭を撫《な》でられなかっただけ、まだいいか。

「そもそも僕は、全てを隠《かく》しているから、あまり報告できる近況なんてないんだ」

「そうだよねえ」

窓の外に見える森が秋ですね、とか――、
雪は大好きです。世界が静かになるから、とか――、
桜《さくら》が咲きました、お団子《だんご》が食べたいです、とか――、
歳時記で回していたけどもう限界だ。

「これからは、もういっそ、嘘《うそ》八百で通そうかなと思ってる」

「どんな？」

「〝三人目の子供が生まれました。女の子です〟とか、〝ドイツに移住して一月になります。ビール美味《おい》しい〟とか」

「あはははははは！」

ツボにはまったのか、似鳥が体をよじって笑って、

「ねえ先生、こういうのはどう？　〝年下の女の子に秘密を握《にぎ》られて、脅《おど》されています〟」

「採用。十巻はそれで」

「あははは！」

ひとしきり笑ったあと、似鳥《にたどり》が、
「残りは……、イラストのチェック！」
「これは、それほど大変じゃないよ。むしろ楽しい」
イラストレーターさんが描いてくれた渾身《こんしん》のイラスト。
CGで描かれていようと、手書きであっても、編集さんから圧縮《あっしゅく》データや、ネット上の保管場所のアドレスが送られてくる。
順番としては、カラーの表紙イラストがまず仕上がってくる。これがなければ本が出ないからだ。そして、口絵のカラーイラスト。最後に、挿絵《さしえ》のモノクロイラスト。
それを見て、チェックする。よほどの間違いがない限りは、すぐにOKを出す。
「NGを出したことは？」
「あるよ。ほんの少しだけ」
そんな、数少ないケースというのは——、
カラーイラストで、色の指定が間違っていたとか、
制服の名札の位置が違っていたとか、
本文中で右手だったのが左手だったとか、
そんな程度だ。

誰よりも先にイラストを拝《おが》めるので、毎回とても楽しみにしている。

「ちょっと待って！　今先生はサラリと言ったけど、最後のは大変じゃない？　右手と左手が逆になっていたら」

「そうでもないよ？」

「ど、どうするの？　――どうしたの？」

「本文を変えた」

「ええっ？」

「さっき説明していなかったけど、再校の直しが終わると〝白焼き〟っていう最後の試し刷《ず》りが出てくる。これが出る前にはイラストは完成しているから、そこで右左くらいの文章は直せる」

「……驚いた。でも、もし、どうしても直せない修正になってしまったら？」

「そのときは、そのときかなあ。挿絵と本文描写が違うって、小説にはけっこうあるんだ」

「ホントの話？」

「ホントの話」

「イラストチェックも終わって……、これで、終わりかな」

今日はよく喋《しゃべ》った。

二時間半以上、ずっと説明しっぱなしだった。

列車は都内に入って、真っ直ぐな線路をひた走っている。途中駅で降りた人が結構いるので、車内は空《す》いてきた。

似鳥《にたどり》に魔法《まほう》をかけられた女性も、携帯電話の振動《しんどう》アラームという対魔法デバイスのおかげで、無事に降りていった。

「今日もありがとう……。いやー、とても面白《おもしろ》かった」

一巻をハンドバッグにしまい込んだ似鳥が、そう言って頭を下げてきた。僕に向いたままだとぶつかるので、前を向いて。

「いえいえ。どういたしまして」

僕も、同じようにして前の座席の背もたれに頭を下げた。

とはいえ、まだ終着駅までは二十分近くある。

いきなり話すことがなくなるのは、僕が辛《つら》い。

雑談は苦手《にがて》だ。というより、できない。

だから、

「えっと、大きなことは来週以降に答えるけど、なにか簡単なことだったら、今のうちに答えられるけど？」

「ほんと？　じゃあ、今日の話とは関係ないんだけど、一つ聞きたいことが！」

「なんでしょう？」

「ファンレター、たくさんもらう？」

「ファンレターは、もらうけど、たくさんってのがよく分からないかも」

正直な気持ちだ。

たくさんって、どれくらいからなんだろう？　他の作家さんとも、そんな話はしたことがないから分からない。

でも、有り難く頂戴《ちょうだい》することは多い。

「じゃあ、どんな感じで？」

「うーん、僕は、女子からもらうことが多い」

ライトノベルのメイン読者は、やはり男子だと言われている。女子向けレーベルはさておき、電撃文庫は間違いなくそうだ。

それでも、女子人気のある作品はある。

『ヴァイス・ヴァーサ』は、読者アンケートはがきによると、男女比が半々くらいだそうだ。

もともと僕は、自分が読みたいものを書いただけだ。女子向け男子向けは、強く意識はしていなかった。

ただ、あからさまに男子向けのエッチなシーンはほとんど書いていない。僕が得意じゃないのもあるけど。

女子人気がある理由だが、真《しん》とシンのダブル主人公だからではないかと、

「バディ物は燃えるっすよ！」

以前担当ではない編集さんに言われたことがある。

そのへんはさておき、

「やっぱり女子の方が、手紙を書くという行為に抵抗がないのかな？」

僕はそんな分析《ぶんせき》を口にした。

「その、どんな文章で来るの……？」

似鳥《にたどり》が控《ひか》えめに聞いたが、さすがにこれにストレートに答えることはできない。

そもそもファンレターは親展《しんてん》で、書いた人と僕だけが読んでいいものだと思っている。

とはいえ、実際には……、ファンレターは他人に読まれてしまう。

なぜなら、編集部でのチェックが入るからだ。

文庫本の最後に、

『本書に対するご意見、ご感想をお寄せください。』

の一文があって、まずは公式ホームページのアドレスと、

『＊メニューの「読者アンケート」よりお進みください。』

の文言《もんごん》。

その下に、

『ファンレターあて先』

として編集部の住所と、そして『僕』と『イラストレーター』の係、と宛先がある。

ファンレターはそこに送られてくるから、まずは編集さんがチェックする。

だから、最終的に僕のところに来るときは、封筒《ふうとう》は全て開封されている。

なぜか？

危険物が同封されていないかのチェックもあるが、主目的は、明らかに作者やイラストレーターのやる気を削《そ》ぐような内容のものを排除《はいじょ》するためだ。

世の中にはいろいろな人がいるから、これは仕方がない処置だと思っている。

似鳥の質問にどうやって答えるか悩んだ僕は――、

ハッキリと言うしかないという結論に達した。

「ファンレターの内容については、誰にも言えない。それは、送ってくれた人と僕との秘密だから」

「そっか、やっぱりそうだよね。ごめん」

似鳥は、あっさりと引き下がった。

正直、これは助かった。ホッとした僕は、まあこれくらいは伝えてもいいかなと思い、

「でも、ファンレターだから、応援していますって感じの内容で来るよ？　作者としては、本当に有り難くて、嬉《うれ》しい。いつも読む前に、手を合わせてから読むことにしてる」

これは本当のことだ。僕は毎回、まるで神棚《かみだな》のように手を合わせてから読む。

「それは、送った人も喜んでいるでしょう」

似鳥《にたどり》が、クスクスと笑いながら言った。バカにしているのではなく、楽しそうに笑ってくれた。

ファンレターについては、今までの二年間で、強烈《きょうれつ》に印象に残ったのが――、もう一生忘れられないほど凄《すご》かったのが、二通ある（もちろん、似鳥には話せないことだが）。

一通目は、休学してすぐのころ、去年の四月に来たファンレター。

いや、ファンレターと呼んでいいのかすら分からない。

担当さんも、

「これさ、渡すかどうか悩んだけどね……。まあ、性格的に、こういうの好きそうだから」

そう言って、編集部で渡してくれた。

一体全体どんな代物《しろもの》かと、ワクワクドキドキしながら読み始めたら、これが強烈だった。
とんでもない達筆で、幾枚もの便箋《びんせん》に整然と書かれた文章は、
『初めまして。私が真《しん》です。私の若き頃のレピュタシオンでの記憶を、どうして貴君《きくん》がご存じなのかは分かりませんが……、とても驚いております』
で始まっていた。
つまり、真からの手紙だったのだ。
以後延々《えんえん》と、
自分が『ヴァイス・ヴァーサ』を読んでどれほど驚いたかに始まり――、
今はすっかり歳を取ったが、あの頃の日々がとても懐《なつ》かしいとか――、
同級生の何人かは、鬼籍《きせき》に入ってしまったとか――、
レピュタシオンを平定《へいてい》したシンとは、今でも携帯電話で会話をしているとか――、
ところどころが私の記憶と違うのは、あなたが私や仲間のプライバシーに配慮してくれているのがよく分かるので心から感謝しますとか――、
とにかく、最初から最後まで面白《おもしろ》い手紙だった。
差出人は、北海道《ほっかいどう》在住の七十四歳の男性とあった。
これが本当にその人が本気でそう思って書いた手紙なのか、それとも作者を笑わせるために仕組まれた壮大なドッキリだったのか、今でも分からない。

でも、そんなことはどうでもいいほど面白くて、以後何度も読み直した。

〝続編〟が来ないかなあと待っていたが、今のところ来てはいない。

手紙には、

『私もすっかり歳を取って、人生の終わりが見えてきました。だから、レピュタシオンに行って、死なずに暮らします』

なんて書いてあったから、行ってしまったのかもしれない。

もう一通は——、

こっちはかなり真面目《まじめ》な話だ。

いただいたのは、さっきのよりずっと前だ。

二年前の十月という、僕のデビューの、わずか二月後のことだった。

その頃には既《すで》に、一巻のファンレターを数通いただいていた。嬉《うれ》しくて嬉しくて、何度も読み直していた。

ある日、またも編集さんから、このときは電話だったが、

『ファンレターをいくつか送ったけど、その中に付箋《ふせん》がついているやつがあって、もし気分が重いようだったら、それは無理に読まなくてもいいからね。でも、最後まで読んだらきっと嬉しいだろうから、送った』

そんな注意をされた。

そして、数通のファンレターが届いた。

一つに、付箋がついていた。

僕はまず――、
それがエアメールだったことに驚いた。

差出人は海外在住で、しかも名前は完全に横文字。

カタカナも書いてあったので分かったのだが、〝ステラ・ハミルトン〟という女性だった。

便箋は全部日本語で書かれていたので、僕はまたも驚いた。その後にやって来たリアル真《しん》さんには負けるが、かなりの達筆だった。

内容は――、
確かに、とても重かった。

僕が今までもらったファンレターで、一番重かったと思う。

それは、ステラという当時高校二年の女子が――、
学校で虐《いじ》められてきたという内容だった。

彼女は生まれつきの、そしてどうしても目立ってしまう外見的特徴のため、小学生の頃からずっと虐められてきた。

親の仕事の都合《つごう》で、日本で生活していたこともあった彼女は、日本では〝ガイジン〟と虐め

られ、今は親の母国でも虐《いじ》められている。

自分の娘が虐められているなんて微塵《みじん》も思いもしない親には相談できずに、辛《つら》い。

何度も何度も、死にたいと思った。

こんな辛《つら》くて悲しい人生に、果たして生きる価値はあるのか、ずっと考えていた。

そんな内容だった。


ここまで読んで、胃の奥がすっかり重くなった僕は――、

「なんでこの人は僕に手紙を書いたのだろう？」

首を大きく傾《かし》げた。

当時、僕はまだ高校一年生。学ラン姿の十六歳に何を期待しているのだろうと思いながら、
ああでも、書いたステラさんはそれを知らないしなあと思いながら、便箋《びんせん》をめくった。

すると、それはやはりファンレターだった。

四枚目からは文体がすっかり明るくなって、『ヴァイス・ヴァーサ』一巻を手に入れた様子と、その感想を書き連ねてくれていた。

彼女は夏に日本に来ていて、秋葉原《あきはばら》のアニメショップで、『ヴァイス・ヴァーサ』を他の漫《まん》画《が》と一緒《いっしょ》に買った。

日本の漫画やアニメが好きな彼女は、初めて小説にも挑戦してみた。『ヴァイス・ヴァーサ』

を手に取ったのは、本当にたまたまだった。

そして、とても楽しく読んだ。読んでいる間は時間も、そして辛い毎日も、すっかり忘れることができた。

辛い人生の中にも、楽しさはたくさん残っている。

死ななくて、本当によかったです。生きていれば幸せを探《さが》すこともできるから、私はこれからも頑張《がんば》ります。

先生のご活躍に期待します。続編が出たら必ず買います。日本の知り合いに送ってもらいます。

そういう手紙だった。

追伸《ついしん》として――、

真《しん》もシンも格好《かっこう》よかったけど、それより好きなキャラは、強くて格好いいプルートゥと、健気《けなげ》に尽《つ》くすミークです。

彼女達がもっと活躍したら嬉《うれ》しいです、とあった。

僕は、本を読んでも映画を見ても、泣かない人だ。今まで、泣いたことはない。

ただ、このファンレターを読んだときは、あわや泣くところだった。

感動した。

若干《じやつかん》十六歳の僕が、外国の、しかも年上の女性に、

「あなたの小説が読めて、死ななくてよかった」

なんて言われるとは。

僕は、ファンレターの返事は書かないことに決めていた。

全員に出すか、それとも誰にも出さないかを最初に悩んで——、後者に決めていた。

でも、わずか二ヶ月で、僕は僕のルールを破《やぶ》った。このステラ・ハミルトンさんへ、絵はがきを送ったのだ。

電撃文庫は、販促《はんそく》用に書店で配るポストカードを作っている。毎月、数種作られている。

当時は二巻の発売直後で、幸運にも『ヴァイス・ヴァーサ』はポストカードの一つに選ばれていた。

二巻表紙のポストカードを、僕はサンプルとして編集部からもらっていた。

それは、学生服の真《しん》と、完全武装のシンが向き合って描かれたものだ。『ヴァイス・ヴァーサ』は二巻まではこの二人しか表紙に出てこない。電撃文庫で、男主人公しか表紙に出てこないのは圧倒的に少数派だ。

プルートゥとミークじゃないのは仕方がないが、僕はこのポストカードにサインをした。担当さんに、練習しておいてねと言われていたサインだ。練習以外で書いたのは、これが初めてだった。人生初サインだ。

僕は、ステラ・ハミルトンさんの住所と名前を、絶対に間違えないように注意して、英語で書いた。何度も確認した。

メッセージは何を書けばいいのか分からなかったし、場所もなかったので、

『ありがとう！』

だけを書いた。僕が人生で書いた中で、多分一番上手《じょうず》な字で。

エアメールなんて送るのは初めてだったが、送り元の住所にしておいた編集部に戻ってこなかったのだから、ちゃんとステラ・ハミルトンさんに届いたのだろう。

以後、彼女からのファンレターはないけれど——、

僕には忘れられない一枚として、そして、唯一《ゆいいつ》返事を書いたファンレターとして——、

今でも〝ファンレター保管衣装ケース〟の中で、別の封筒に入れられている。

そんなことを思い出していたので、

「じゃあ、これは聞いてもいい？　今までファンレターに、返事を書いたことは？」

似鳥《にたどり》からそう聞かれたときは、かなり驚いた。

「…………」

しばらく返事に詰まってから、別に本当のことを言う必要はないことを理解した。

返事を出したのは、ステラ・ハミルトンさんだけだけど——、

そのことは編集部も知らない。

僕は、嘘《うそ》をつくのが苦手だ。

演技だってできない。

でも――。

「い、いや。出し、てないっつよ？」

最悪の演技がそこにはあった。

どう考えても、〝嘘です〟と言っているようなもんだ。

聞いた似鳥《にたどり》が、その返事に一瞬《いっしゅん》きょとんとするのが分かった。そして、楽しそうににこりと笑って、

「本当にー？　誰か一人くらい、返したんじゃない？　例えば……、若い女の子とかに」

この人はやっぱりエスパーか？　それとも魔法遣《まほうつか》いか？

実際には偶然だろうけど、似鳥にそう言われて、僕の鼓動《こどう》は跳《は》ね上がった。

「い、いや……。ないよ……？　僕は、へん、じを出さないことに決めるてるから、切手とかが入れられると、かなりこっまるん、だよね」

さっきのが最悪だと思ったが、こっちの方が最悪だ。最悪更新中だ。

でもここは、嘘をつき通すしかない。

そもそも、僕がどんなに下手《へた》な演技をしようとも、似鳥には確証はないわけで、

「まあさ、これからも、返すことは、ないだろうねー。だってさ、仕事に差し障《さわ》るからねー」

僕は、ようやく日本語をちゃんと喋《しゃべ》れるようになった。しかし偉《えら》そうだ。僕は一体何様だ。

「うーん。そっかー」

それでどうにか似鳥《にたどり》の追求が止んでくれたので、冷や汗をかいた僕は、背もたれに体重をかけて、大きく息を吐《は》いた。

やっぱり僕には、演技はできない。

もう、二度としない。

今度から、もし、演技が必要になったら——、
全力でその場から逃げることに決めた。

＊　＊　＊

男子高校生で売れっ子ライトノベル作家をしているけれど、年下のクラスメイトで声優の女の子に首を絞《し》められている。
それが、今の僕だ。
彼女は——、
似鳥絵里《えり》は、冷たい手で、僕の頸動脈《けいどうみゃく》を両側から絞め付け続けている。

似鳥の手は、本当に冷たい。首の左右に、それを感じる。

僕は仰向《あおむ》けで、似鳥に馬乗りされている。視界を占めるのは、彼女の上半身だけ。首に伸びている両手と、彼女の顔と、その左右にカーテンのように垂れ下がる長い黒髪。逆光で薄暗い、彼女の泣き顔。悲しそうな泣き顔。

泣きすぎて眼鏡《めがね》の内側に溜《た》まっていた涙が、僕の頬《ほお》に落ちる。ゆっくりゆっくり落ちてきた粒が、僕の頬を点々と濡《ぬ》らしていく。

似鳥が、何かを言うために口をゆっくりと開く。息を吸い終えた、似鳥が、

「ど――」

長く長く、

「う――」

実際には早いのだろうけど、

「しー」

僕の耳には、

「てっー？」

やっぱり、とてものんびりと聞こえる。

どうして？

どうしてこうなったのか、

僕は、走馬《そうま》灯《とう》を見続けている。

to be continued...

あとがき

皆様こんにちは。作者の時雨沢恵一です。このたびは新刊――『男子高校生で売れっ子ライトノベル作家をしているけれど、年下のクラスメイトで声優の女の子に首を絞められている。Ⅰ ―Time to Play― 〈上〉』をお手にとっていただき、本当にありがとうございました。

それにしてもタイトル長いですね。一行では、収まらないですね。どうせなら、二行ピッタリにしておけばよかったかな。今からでも足すことはできるかな（編集部注・あとがきを始めてください）。

『男子高校生で売れっ子ライトノベル作家をしているけれど、年下のクラスメイトで声優の女の子に首を絞められている。Ⅰ ―Time to Play― 〈上〉』は（以下、長いので〝このお話〟）、私としては、久々の新シリーズになります。

そもそも私はですね、実に十四年間も作家をやっていてですね、小説は『キノの旅』（含む『学園キノ』・異議は認めない）と、『アリソン』（含む、以後の『リリアとトレイズ』『メグとセロン』『一つの大陸の物語』）の、たった二シリーズしか書いていないのです。我ながら、驚きました。

『アリソン』の一巻は二〇〇二年の発売ですから、『男子高校生で売れっ子ライトノベル作家～

〈略〉』は、実に十二年ぶりの完全新シリーズとなります。なんと驚きの十二年。干支が一周してますよ！

というわけで本巻の〝あとがき〟ですが、毎度のことですがネタバレはないので先に読んでも大丈夫ですすご安心くださいませ！　でも、タイトルで書いてある程度のネタバレはいいですよね……？　これはもうしょうがない。

さて、あとがきらしく、このお話について、ちょっと熱く語らせてください。なにせ作者なので、実際かなり詳しいです。

もともとこのお話のアイデアは、今から四年前、つまり二〇一〇年からありました。作品のプロットファイルを作ったのは、その年の三月三十日です。

当然、〝話を思いついた〟からプロットファイルを作ったわけですが、この話の思いつきは、〝夢〟でした（この場合の夢は、ぐーすか寝ている間に見るアレです）。

私には、作家になってから何度も何度も見た夢があります。

それはこんな感じ――。

〝私は高校（や大学）の教室にいるが、久々の登校なのでクラスメイト達にはなじめず、一人ポツンと座って疎外感と孤独感を感じている。でも（なぜか）立場は作家なので、

「いいんだいいんだ！　僕は作家なんだ！」

そう心の中で呟いて寂しさを紛らわしている〝

いかに私が学生時代に〝リア充〟じゃなかったか、そして作家になるまで人に自慢できるようなことが見事に何もなかったかが、たいへんよく分かる微笑ましい夢エピソードですね。別に泣いてないですよ。

この夢ですが、この日（二〇一〇年三月三十日）のだけは、ちょっと違いました。私が作家だということは誰も知らないはずなのに、一人の女子生徒が、突然話しかけてきたのです。

ハッキリとした台詞は忘れましたが、彼女は言いました。

「私は声優だから、あなたの正体を知ってるよ！」

〝がびーん！〟（死語）と驚いたところで、私は目を覚ましました。

そして即座に、枕元に置いてあった携帯電話で、自分にメールをしたのです。

『高校生が作家で、クラスメイトに声優の女子がいてばれる話！』

そう。このお話のアイデアが誕生した瞬間です。

仕事部屋にたどり着いた私は、すかさずパソコンの前に座りました。

作ったファイル名が『作家高校生話（基礎ファイル）』。作成は二〇一〇年三月三〇日の十二時三十六分二十三秒（まあ、パソコンの時計はいつも数分狂ってますけど）。

普段昼まで寝ている私ですから……、本当に起きて間もなくですね。専業作家の生活パターンなんて、どうか真似しないでくださいね。あなたの健康を損なう恐れがあります。

そして私は、その夢のアイデアをベースにして、思いついたことをドンドン書き足していったのです。まさにその日の日記（私はほとんど毎日、パソコンで日記をつけているのです）を読み返すと、こんなことが書いてありました。コピペします。


夢で、高校生になって、久々に高校に行く夢。

これはよく見るが、今回はちがった。声優をやっている女子がいた。

そして話を思いついた。残してある。


また、その日のツイッターでは、こう呟きました。やっぱりコピペです。

夢で見たアイデアを、だーっと書き殴ったなう。書けるかは分からないけど、面白そう（と本人は思っている）。こういう事はよくあるので、枕元になんらかの記録装置は持つべき。私は起きてすぐに自分にメールした。

もし、あの日にあの夢を見なければ、そしてそれを残しておかなければ――、このお話は生まれませんでした。このお話のことを知って、タイトルを読んで、

「おいおい時雨沢め！　まるで自分の〝夢〟のような話を書きやがったなっ！」

そう思った人は、多かったかもしれません。

実際、元ネタは夢だったのです！　夢がベースだからこそ、こんな夢みたいなお話になったのです！　もし【作者が夢の中で思いついた創作】というウィキペディアの項目がありましたら、この作品をすかさず足しておいてください！　うん、任せた。

一応、念のために記しておきますが、主人公のモデルは私ではありません。私は、高校生の頃に小説なんて書けませんでした。この主人公は、私の憧れる〝夢の〟設定です。ぶっちゃけますと、話そのものが思いっきりファンタジーです。『学園キノ』以上のファンタジーです。

ただ、作中で描かれている作家業に関する事柄や電撃文庫に関する事柄は、これまでの自分の経験があちこちに活きています。だからこのお話を読んで、

「へー！　ライトノベル作家や電撃文庫編集部って、陰でこんなことやってるのか！」

そう感じていただけると、嬉しいです（編集部注・もう少し別の表現はありませんかね？）。

さらに明記しておきますと、ヒロインのモデルもいません。彼女の名前も、インターネット検索で既存の声優さんと被らないように注意しました。珍しい難読苗字をつけたのも、そのためです。ですが、もし同姓同名の新人声優さんがいらしたら、申し訳ありません！　この場を

借りてお詫び申し上げますゴメンなさい。

このお話を実際に、そして突発的に書き始めたのは、二〇一三年の八月でした。つまり三年以上、私は延々と、このアイデアを温めていたことになります。

思いついた当初のプロットと、今のお話の内容は、だいぶ違います！　正直別物です。もういつだったか思い出せないのですが（メモも取ってなかった）、ガラリと変わりました。どのように変わったかはネタバレ回避のためにここでは書けませんが……、延々とプロットを煮詰めていくうちに、今のカタチになったのです。

では、なぜゆえに突発的に書き始めたかというと――、

ライトノベル作家が主人公のライトノベルが、これからドンドン増える予感がしたからです！　そして、具体例は上げませんが、実際に増えています。ブームです。

今後は〝学園異能力もの〟とか〝魔王もの〟とか〝妹もの〟のように、一つのジャンルとして確立してしまいそうな勢いです。

三年前に思いついていたのに、後からビッグウェーブに乗ったと思われるのはちょっと切ない！　出すのなら今だ！　今しかない！

というわけで――、思い立ったが一念発起。私はハイペースで書いて書いて書きまくりました。あんなにも速く、そして大量に書いたのは、応募原稿の『キノの旅』を書いていた頃以来

かもしれません。楽しかったです。

結果、書き上げてみたらページ数は予想をはるかに超えていて、一冊でスッパリ終わるはずのこのエピソードが、上下の分冊になってしまいました。計画性がなくてごめんなさい。

下巻は、おおよそ十に六をかけた回数だけ昼と夜の輪廻が過ぎし頃に発売予定です（編集部注・〝二ヶ月後〟では駄目なんですか？）。しばらく先になりますが、どうか腹筋運動でもしながらお待ちくださいませ（編集部注・背筋も一緒に鍛えないとバランスが悪いです）。

上巻のあとがきは、ここまでにします。いつもより三十二％ほど真面目ですみません（当社比）。一応書いておきますが、カバー裏にはあとがきの続きなんかはありませんから、ちゃんとめくって、ないことを確認しておいてください。

それでは、三月発売の下巻をお楽しみに！

二〇一四年一月　時雨沢恵一

こんにちは、黒星紅白です。
ついに始まりました。
時雨沢さんの新作！
やはりなんというか
時雨沢さんらしい、
一筋縄ではいかない
感じになってますよね！
私も夢中になって
一気に読んで
しまいました。

皆さんは下巻もうちょっと
待っててね。

◉時雨沢恵一著作リスト

「キノの旅　the Beautiful World」（電撃文庫）
「キノの旅Ⅱ　the Beautiful World」（同）
「キノの旅Ⅲ　the Beautiful World」（同）
「キノの旅Ⅳ　the Beautiful World」（同）
「キノの旅Ⅴ　the Beautiful World」（同）
「キノの旅Ⅵ　the Beautiful World」（同）
「キノの旅Ⅶ　the Beautiful World」（同）
「キノの旅Ⅷ　the Beautiful World」（同）
「キノの旅Ⅸ　the Beautiful World」（同）
「キノの旅Ⅹ　the Beautiful World」（同）

「キノの旅XI　the Beautiful World」（同）
「キノの旅XII　the Beautiful World」（同）
「キノの旅XIII　the Beautiful World」（同）
「キノの旅XIV　the Beautiful World」（同）
「キノの旅XV　the Beautiful World」（同）
「キノの旅XVI　the Beautiful World」（同）
「キノの旅XVII　the Beautiful World」（同）
「学園キノ」（同）
「学園キノ②」（同）
「学園キノ③」（同）
「学園キノ④」（同）
「学園キノ⑤」（同）
「アリソン」（同）
「アリソンII　真昼の夜の夢」（同）
「アリソンIII〈上〉ルトニを車窓から」（同）
「アリソンIII〈下〉陰謀という名の列車」（同）
「リリアとトレイズI　そして二人は旅行に行った〈上〉」（同）
「リリアとトレイズII　そして二人は旅行に行った〈下〉」（同）

「リリアとトレイズⅢ　イクストーヴァの一番長い日〈上〉」（同）
「リリアとトレイズⅣ　イクストーヴァの一番長い日〈下〉」（同）
「リリアとトレイズⅤ　私の王子様〈上〉」（同）
「リリアとトレイズⅥ　私の王子様〈下〉」（同）
「メグとセロンⅠ　三三〇五年の夏休み〈上〉」（同）
「メグとセロンⅡ　三三〇五年の夏休み〈下〉」（同）
「メグとセロンⅢ　ウレリックスの憂鬱」（同）
「メグとセロンⅣ　エアコ村連続殺人事件」（同）
「メグとセロンⅤ　ラリー・ヘップバーンの罠」（同）
「メグとセロンⅥ　第四上級学校な日々」（同）
「メグとセロンⅦ　婚約者は突然に」（同）
「一つの大陸の物語〈上〉～アリソンとヴィルとリリアとトレイズとメグとセロンとその他～」（同）
「一つの大陸の物語〈下〉～アリソンとヴィルとリリアとトレイズとメグとセロンとその他～」（同）
「男子高校生で売れっ子ライトノベル作家をしているけれど、
年下のクラスメイトで声優の女の子に首を絞められている。Ⅰ　―Time to Play―〈上〉」（同）
「お茶が運ばれてくるまでに　～A Book At Cafe～」（メディアワークス文庫）
「夜が運ばれてくるまでに　～A Book in A Bed～」（同）
「答えが運ばれてくるまでに　～A Book without Answers～」（同）

本書に対するご意見、ご感想をお寄せください。

電撃文庫公式ホームページ 読者アンケートフォーム
http://dengekibunko.dengeki.com/
※メニューの「読者アンケート」よりお進みください。

ファンレターあて先
〒102-8584　東京都千代田区富士見1-8-19
アスキー・メディアワークス電撃文庫編集部
「時雨沢恵一先生」係
「黒星紅白先生」係

初出 ……………………………………………………………………………………………

第一章「四月十日・僕は彼女と出会った」　第二章「四月十七日・僕は彼女に聞かれた」（一部）／「ニコニコ連載小説」2013年11月1日～2014年2月20日掲載

文庫収録にあたり、加筆、訂正しています。

序章「記録」　第二章「四月十七日・僕は彼女に聞かれた」（一部）　第三章「四月二十四日・僕は彼女に伝えた」　第四章「五月一日・僕は彼女に教えた」は書き下ろしです。

電撃文庫

男子高校生《だんしこうこうせい》で売《う》れっ子《こ》ライトノベル作家《さっか》をしているけれど、
年下《としした》のクラスメイトで声優《せいゆう》の女《おんな》の子《こ》に首《くび》を絞《し》められている。I —Time to Play—〈上〉

時雨沢恵一《しぐさわけいいち》

発　行　　2014年1月10日　初版発行

発行者　　塚田正晃
発行所　　株式会社KADOKAWA
〒102-8177　東京都千代田区富士見2-13-3
03-3238-8521（営業）
プロデュース　　アスキー・メディアワークス
〒102-8584　東京都千代田区富士見1-8-19
03-5216-8399（編集）
装丁者　　荻窪裕司（META＋MANIERA）
印刷・製本　　旭印刷株式会社

ISBN978-4-04-866273-4　C0193　Printed in Japan

電撃文庫　http://dengekibunko.dengeki.com/
株式会社KADOKAWA　http://www.kadokawa.co.jp/

電撃文庫創刊に際して

文庫は、我が国にとどまらず、世界の書籍の流れのなかで〝小さな巨人〟としての地位を築いてきた。古今東西の名著を、廉価で手に入りやすい形で提供してきたからこそ、人は文庫を自分の師として、また青春の想い出として、語りついできたのである。

その源を、文化的にはドイツのレクラム文庫に求めるにせよ、規模の上でイギリスのペンギンブックスに求めるにせよ、いま文庫は知識人の層の多様化に従って、ますますその意義を大きくしていると言ってよい。

文庫出版の意味するものは、激動の現代のみならず将来にわたって、大きくなることはあっても、小さくなることはないだろう。

「電撃文庫」は、そのように多様化した対象に応え、歴史に耐えうる作品を収録するのはもちろん、新しい世紀を迎えるにあたって、既成の枠をこえる新鮮で強烈なアイ・オープナーたりたい。

その特異さ故に、この存在は、かつて文庫がはじめて出版世界に登場したときと、同じ戸惑いを読書人に与えるかもしれない。

しかし、〈Changing Times,Changing Publishing〉時代は変わって、出版も変わる。時を重ねるなかで、精神の糧として、心の一隅を占めるものとして、次なる文化の担い手の若者たちに確かな評価を得られると信じて、ここに「電撃文庫」を出版する。

1993年6月10日
角川歴彦